侯爵家の悪妻は契約です
～二度目の結婚は
初恋相手ですが
悪女だと嫌われています～

侯爵家の悪妻は契約です

～二度目の結婚は初恋相手ですが悪女だと嫌われています～

もり

illustration すがはら竜

CONTENTS

ICHIJINSHA IRIS NEO

この作品はフィクションです。
実際の人物・団体・事件などには関係ありません。

侯爵家の悪妻は契約です　～二度目の結婚は初恋相手ですが悪女だと嫌われています～

プロローグ

色とりどりの花が咲き誇る温かな庭に用意されたテーブル。

そのテーブルの上には美しく盛り付けられた美味《おい》しそうなお菓子が並べられ、同じように美しく着飾った人たちが笑い合っていた。

五歳のジュエルにとってはそれらすべてが魔法のような夢の時間で、そこで出会った優しい王子様のような男の子に恋をした。

男の子の名前はブレイク・キャンモア。

ブレイクの青い瞳《ひとみ》は秋晴れの澄んだ空のようで、はにかんだ笑顔がとても素敵だった。

だけど魔法はいつか解けるもの。夢はいつか覚めるもの。

◇　◇　◇

ジュエルは五年ぶりとなるブレイクとの再会に緊張していた。

しかし、ブレイクは以前と変わらない横柄《おうへい》な態度でずかずかと家族用の居間に入ってくる。

「お久しぶりです、ブレイク。いえ、今はキャンモア侯爵様ね」

「これはこれはキャンモア侯爵未亡人。以前お見かけしたときには泥だらけの田舎《いなか》娘でしかなかったのに、ずいぶん化けたものだ。さすが父を誑《たぶら》かして結婚しただけのことはある」

ジュエルは侯爵家の女主人として礼儀正しく立ち上がり迎えたが、ブレイクは嫌みで返すと、空いている一人用の椅子《いす》にどんっと腰を下ろした。

ジュエルは一瞬傷ついた表情になったものの、すぐに笑みを浮かべる。

「侯爵様は長旅でお疲れでしょう？　お茶はいかが？」

「女主人のふりがずいぶん上手《うま》くなったようだが、欲しければ自分で淹《い》れるからおかまいなく。ここは我が家なんでね」

ジュエルは茶器へと伸ばしかけていた手を止め、ブレイクを睨《にら》みつけてから元の席に腰を下ろした。

気まずい空気が流れる中、ジュエルの向かいに座った弁護士の男性が咳払《せきばら》いをしてその場にいた皆の気を引く。

「えー、それでは先代キャンモア侯爵の遺言状を読み上げたいと思います。まず長年仕えてくれた使用人たちに、ということで執事のルトール……」

弁護士が先に使用人たちそれぞれに遺産内容を伝えていく。

その間、ブレイクは無表情に、ジュエルは当然だとばかりに微笑《ほほえ》んで静かに聞いていた。

「――以上が君たち使用人への先代侯爵の遺言です。細かい手続きはまた追って知らせましょう。それでは、残りの遺産については、キャンモア侯爵と侯爵未亡人のお二人にお伝えいたしますので、皆さんはこれにてご退席ください」

弁護士の言葉に、執事のルトールや家政婦のプレム夫人たちが涙ぐみながらも出ていった。

わけあって結婚したジュエルの夫——先代キャンモア侯爵の遺言状公開も予定通り進んでいる。

（どうせほとんどがブレイクのものになるだけで終わりだもの。それで彼ともう二度と会うことはないわ）

そう思うと安堵《あんど》とは違う別の感情が押し寄せてきたが、ジュエルはそれをただ感傷的になっているだけだと片付けた。

この屋敷の者たちとも、これでお別れなのだ。

（私は少しだけ——今後一人で慎《つつ》ましく暮らせる程度のお金を遺《のこ》してくださる約束だから、明日にでも出ていけばいいわ。その前に、ブレイクと仲直りできればいいけど……）

老侯爵にはもう十分にしてもらっており、ジュエルは遺産の内容もそうなると老侯爵から聞かされていたのだ。

ジュエルは弱気になりそうな自分を鼓舞するようにぐっと姿勢を正した。

そんなジュエルの様子に、ブレイクは疑わしげな表情を向ける。

そして弁護士は三人だけになると、非常に気まずそうに口を開いた。

「ええ……読み上げさせていただく前に、この遺言状は私の他《ほか》に牧師様を立会人に作成された正式なものであることを宣言いたします」

弁護士の言葉に、なぜわざわざそんなことを言うのかと、ジュエルは首を傾《かし》げた。

ブレイクは眉間《みけん》のしわを深くする。

「『私、ヘンリー・キャンモアは妻であるジュエルの献身的な愛に応《こた》え――』」

この言葉を聞いた途端にブレイクが鼻で笑う。

ジュエルはブレイクを睨みつけながらも、弁護士から続きを聞く。

「『ジュエルにはヤシナンの地にある館と信託財産として……』」

ジュエルはほっとしつつ、カップを口へ運んだ。

お茶はすっかり冷めてしまっているが気にならない。

（よかった……。侯爵様がおっしゃっていたとおりね。これで管財人から月々の手当をもらえば一人でも生活できるわ）

「『息子であるブレイク・キャンモアには、先に述べた者たちへの遺贈以外の侯爵家が有する資産――王都にある屋敷やこの領館、先祖代々受け継がれてきた宝飾品他、所有地などの全財産を譲る』」

そこまで聞いて、ジュエルはさらにほっとした。

（侯爵様はブレイクの放蕩《ほうとう》ぶりをずいぶん嘆いていらっしゃったから、少し心配だったけれど、これで安心ね）

一方でブレイクは喜びもせず、ただじっとジュエルの様子を観察していた。

しかし、弁護士の読み上げはまだ続いた。

「『ただし、ブレイクがこれらの遺産を受け継ぐには条件がある』」

この言葉にジュエルは目を丸くし、ブレイクもようやくジュエルから目を離して弁護士へ注意を向けた。

「条件？」

「『息子であるブレイクの素行の悪さはずいぶん昔から注意してきたが聞く耳を持たなかった』」

ここでブレイクが馬鹿《ばか》にしたように笑う。

昔の老侯爵はかなり厳格で、仲を取り持つ母が亡《な》くなり、寄宿学校に入ったブレイクとはさらに溝が深まっていた。

「『よって、これから二年間、私の大切な女性であるジュエルと結婚生活を送ってもらう。もちろん同じ屋敷で過ごすことが条件を満たすことになる』」

「何を馬鹿なことを！」

「そんな！」

老侯爵の遺言にブレイクもジュエルも驚いて立ち上がった。

だが覚悟を決めたらしい弁護士は動じることなく続ける。

「『ジュエルには年寄りの相手で苦労をさせてしまった』」

「いいえ、苦労なんて――」

「『若い娘がこのような田舎で一生を過ごすのも酷だろう。一度くらいは王都での社交シーズンを過

ごさせてやりたい。ブレイクはその手助けをするのだ。もちろん侯爵夫人として敬意を払うように。私の信頼する弁護士』……ごほん。私のことですが……『また牧師様にもちゃんと見届けてくれるよう頼んである。もしこの遺言が守られないようならば、お前の相続するものは爵位のみであり、財産はすべてジュエルへと譲られるよう手続きをしてある。以上だ』」

呆然《ぼうぜん》として遺言を聞いていたブレイクは、はっとしてジュエルに詰め寄る。

ジュエルは信じられない思いでただ青ざめて立ち尽くしていた。

「君か！　君は父を誑かして後妻に収まっただけでなく、さらに欲を出して父を唆《そそのか》してこんな馬鹿げた遺言を作らせたんだな!?」

「ち、違うわ……。まさかこんな……こんなことを……」

「ふんっ、白々《しらじら》しい。それならそもそも父とは結婚しなかったはずだ。昔の君はずいぶん泥臭かったが、それでも心は綺麗《きれい》に見えたがな！　年寄りを誑かして綺麗に着飾っても今の君は醜いだけだ！」

「よくも……よくもそんな！　あなただって、遊び惚《ほう》けてご高齢のお父様は放ったらかし！　何度も侯爵様はあなたに戻るようにと手紙を書いたはずよ!?　それを無視したばかりか、侯爵様がご危篤だと伝えても帰ってもこないで……さらにはお葬式にさえ出席しないなんて、親不孝者！」

「よく言うよ！　危篤なんて手紙は受け取っていない！　葬儀だって、後から知らされたんだ！　君が父にこんな遺言状を書かせるために手を回したんだろう!?　私は絶対に君を許さないからな！」

「そんな嘘《うそ》――」

ブレイクの言いがかりに、驚きを通り越して怒りに変わったジュエルは言い返した。

そこからケンカが始まったが、弁護士が無理やり割って入る。

「まあまあ、今は争っている場合ではありませんよ。ここに書かれている遺言の執行まであと五日もないのですから。ブレイク様、どうされますか？　奥様とご結婚なさらないと全財産を失うことになりますよ？」

だが、ブレイクは怒りの矛先を変えた。

「あなたも一枚かんでいるのか!?　でなければこんな馬鹿げた遺言を認めるわけがない！　きっとあなたもこの女に誑かされたんだな!?」

「それは長年キャンモア家に仕えてきた私に対する侮辱《ぶじょく》です。先に申し上げたとおり、この遺言状は牧師様立ち会いの下《もと》に作成されたものですので、異議は認められません。奥様も突然のことで驚かれたでしょうが、これが旦那《だんな》様の——故人のご遺志なのです」

「ですが……」

「今日はこれで失礼いたします。今後のことはお二人でよく話し合ってください。くれぐれも、愚かな争いはなさらないことです」

そう言い残して弁護士は部屋から出ていく。

ジュエルは予想もしなかった遺言内容にひどく混乱していた。

それでも、ブレイクとの仲直りが絶望的になったことだけはわかる。

（旦那様との結婚でケンカ別れしてしまっていたけれど、二度と会わなくなる前にせめて最後に仲直りしたいと願っていたのに、どうしてこんなことに……？）

ジュエルは痛む心の傷を隠し、女主人として見送るために慌てて弁護士の後を追ったのだった。

1

十七歳の頃《ころ》のジュエルは、父を亡《な》くし、病気がちな母と幼い弟の世話で、毎日朝から晩まで働いていた。

小さいながらも領地を持ってはいたが維持するだけで精いっぱいで、外に働きに出なければならないほどだったのだ。

しかし、それほど大変だと思わなかったのは、愛する母と弟のためであり、時々届くブレイクからの手紙に励まされていたからだった。

キャンモア侯爵の嫡子であるブレイクは、同じ上流階級の中でも身分差があり、本来なら親しくできるような相手ではない。

だが領地が隣同士ということもあり、ブレイクが寄宿学校に入ってからも長期休暇のときには一緒に遊んだ幼《おさな》馴染《なじ》みだった。

ところが最近では、その手紙も途切れがちになっている。

ブレイクは大学に入ってからは忙しいのか、帰省さえもめったにしなくなっていた。

（きっと大学は勉強がすごく大変なんだわ……）

ジュエルは前向きに考えて、邪魔をしないようにと、こちらから出す手紙も控えるようにしていた。

そのため、ブレイクが帰省していることは、突然声をかけられるまで知らなかった。

「ジュエル！　久しぶりだね。ずいぶん立派な野菜だけど、運ぶのは大変だろう？　手伝うよ」

「ブレイク……！」

いつもブレイクは帰省すると、ジュエルたちの家を訪ねてくれる。

喜び振り向いたジュエルは、ブレイクの傍《そば》に綺麗《きれい》な女性がいることに気づいて顔から笑みが消えた。

その女性は馬上から、ジュエルを蔑《さげす》むように見下ろしている。

「い、いいえ、もうすぐそこですから。お気遣いいただき、ありがとうございます」

「しかし、ジュエル――」

「ねえ、ブレイク？　何をなさっているの？　早く行きましょうよ」

女性は姿だけでなく、声まで美しい。

野菜を抱えて土埃《つちぼこり》だらけの自分と女性との差に気《き》後《おく》れしてしまったジュエルは、まだ何か言いかけたブレイクにぺこりと頭を下げて急ぎその場から逃げ出した。

初恋の相手であり、今でも憧れているブレイクにこんな姿を見られるのが急に恥ずかしくなったのだ。

馬に乗ったブレイクは変わらず王子様のようで、一緒にいた女性はお姫様のように見えた。

「――おかえり、お姉ちゃん！　わあ！　おいしそうな野菜ばかりだね！」

「ええ。仕立て仕事の帰りにハンソンさんが分けてくれたの。本当にありがたいわ」

「そっか。よかったね！」

「……ええ」

小さな領地とはいえ、弟が将来受け継ぐときに少しの不足もないようにジュエルは土地の切り売りだけはしたくなかった。

だが、最近は特に母の高額な薬代を捻出するためにかなり切りつめた生活をしなければならないのだ。

維持費のかかる屋敷は人に貸し、小さな家に移り住んでもそれだけでは足りない。

昔の生活が――ブレイクと対等とまではいかなくても、一緒に過ごせた日々が懐《なつ》かしくはあるが、今はこの小さな幸せを守るために精いっぱいだった。

その小さな幸せの中にはブレイクもいたのに、今日の出会いが一気にジュエルに現実を突きつけた。

勉強が大変で忙しいというのは、ブレイクからの手紙が来なくなってしまったことへのジュエルが勝手に考えた言い訳でしかない。

ジュエルからも手紙を書かなくなったのも、本当は返事を期待して待つことが苦しくなってしまったから。

娯楽の少ないこのあたりでは、次代のキャンモア侯爵であるブレイクのことは皆が噂《うわさ》していた。

大学に入ってからはかなり羽目《はめ》を外しているらしい、毎晩遊び歩いているらしい、などなど。

だが、ジュエルはそんな噂は大げさでしかないと、信じていなかったのだ。

ジュエルは野菜の下処理をしながら、自分の傷だらけの手を見てため息を吐《つ》いた。

今日ブレイクと一緒だった女性は、手も傷一つなく美しいに違いない。

そう思うと惨《みじ》めで、ブレイクのことはもう忘れてしまいたかった。

しかし、噂はどうしても耳に入ってくる。

現金を得るためにお針子《はりこ》として働いている町の仕立物屋でも、ブレイクの噂でもちきりだった。

「――ねえ、聞いたかい？　キャンモア侯爵のご令息のブレイク様のこと」

「ええ、ええ。何でも今回は女性を連れて帰られて、侯爵様を激怒させたそうね」

「それはそうよ。侯爵様はブレイク様を早くご結婚させようと、候補であるご令嬢を何人か招待されていたのに、当のブレイク様は別の女性を連れてご帰宅されたんだもの」

「それがわからないのよ。候補として集められたご令嬢にはお気の毒だけれど、侯爵様がなぜ激怒なさるの？　ブレイク様が連れられた女性との結婚をお許しにならなかったってこと？」

「それはその女性が高級娼婦《しょうふ》だったからよ」

「あら、まあ！」

ブレイクと女性の話など聞きたくはなかったが、耳を塞《ふさ》ぐわけにはいかなかった。

侯爵夫人が亡くなってから寄宿学校に入ってしまったブレイクと、文通していたのが夢のように感じる。

ブレイクからの手紙の代わりに届き始めたのは、素行の悪さを伝える噂だった。

そのことに侯爵様は怒っている、ご嫡男との――ブレイク様との仲も険悪になっているらしいと聞いていたが、信じていなかった。

それも、たまに帰ってきたブレイクはいつも優しくジュエルに声をかけ、仕事を手伝ってくれていたからだ。

まるで手紙のことなど気にしていないかのように。

未練がましく過去を思い出していたジュエルは大きくため息をついた。

今回、ブレイクが連れていた女性がどんな人だろうと、ジュエルとはあまりに住む世界が違いすぎた。

侯爵がブレイクのために集めた花嫁候補に、ジュエルは入れられることもなかったのだ。

それがすべてを物語っている。

ジュエルはもう夢を見ることもやめ、現実に向き合って生きることにした。

◇　◇　◇

あの噂――ブレイクが高級娼婦を館に連れて帰ったというときから二年後。

ジュエルはできるだけブレイクと会わないように、帰ってきていると噂を聞けば避けて過ごしていた。

母は一年前に亡くなってしまったが、それでも最期のほうは薬代がかさみ、今も少しずつ借金を返しながらジュエルは今年十歳になる弟のセネットと暮らしていた。

ジュエルももうすぐ十九歳になるが、結婚などまだ夢見られる状態ではなかった。

きっとこのまま結婚もできず一生を終えるのだろう。

それでももうすぐ借金を返し終えれば楽になれる。

そうすればセネットを街の学校へやれる。

セネットには読み書きやジュエルがわかる範囲での簡単な計算を教えているので、学校に途中入学してもそれほど困らないはずだ。

セネットが大きくなれば、小さいながらもどうにか手放さずにすんでいる領地を運営して暮らしていけるはずだと思っていた。

ところが——。

「大変だ！　セネットが！」

「ハンソンさん!?　セネットがどうしたの!?」

仕立物屋から村に歩いて帰ってきたところで、小作人のハンソンがジュエルの姿を認めて駆け寄ってきた。

その顔は色がない。

「セネットが大型犬に噛《か》まれたんだ！　あれはおそらく侯爵様のところの客人が連れていた猟犬だ

よ！　とにかく出血がひどくて――」

ジュエルは最後まで聞くことなく、急ぎ家まで走り出した。

つい先日までブレイクは友人たちを連れて帰ってきていた。

まるで父親である侯爵をわざと怒らせようとしているかのように、不品行な者たちばかりで若い村娘などはできるだけ外に出ないようにしていたくらいだ。

二年前のあの頃からブレイクへの気持ちは憧れから軽蔑に変わりつつあったが、今度ばかりは酷《ひど》い。

確かに、一行が猟犬を連れて森へ入る姿は何度も見かけた。

だがまさか獰猛《どうもう》な猟犬をそのまま置き去りにしていったとは思ってもいなかった。

「――セネット！」

「ジュエル……」

急ぎ家に駆け込めば、ハンソンの妻が服を血に染めて立ち尽くしていた。

まさかと思い、一部屋だけの寝室におそるおそる入ると、そこには長い間母を診《み》てくれた医師がいた。

ベッドに視線を移すと、呼吸は荒いがセネットはまだ生きている。

膝《ひざ》から崩れ落ちそうになる自分をどうにか叱咤《しった》して、ベッドへと歩み寄り、そこでようやく膝をついた。

「セネット……」

そっと小さな手を握り囁《ささや》くように声をかける。

足に大怪我《おおけが》を負っているらしく、下半身は包帯が巻かれているが、それも血が滲《にじ》んで汚れていた。

腕にもあちこち傷はあるが、足に比べると大したことはないように見える。

「……先生、セネットは大丈夫なんですよね？」

「……」

「先生？　お金はまたお借りしなければなりませんが、必ずお支払いすると約束しますから！　セネットを助けてください！」

「わかっているよ、ジュエル。もちろん、全力を尽くすつもりだ。それに代金もいらない。私がセネットにできることは、それほどないんだ」

「で、でも、セネットは助かるんですよね？」

「……あとはもう、セネットがどれだけ頑張れるか……神に祈るしかないよ」

「そんな……」

それから仕事も休んで必死に看病した甲斐《かい》があり、セネットは三日後にはどうにか熱も引き、快方に向かい始めた。

ジュエルがほっとしたのもつかの間、医師からは残酷なことを告げられた。

おそらくセネットは回復しても、歩くことはできないだろうと。

だがジュエルは信じなかった。

そして込み上げてくる怒りを何にぶつければいいのかわからず、とにかくセネットを襲った猟犬が再びジュエルたちの領地に入ってくるようなら殺してしまってもかまわないと領民に伝えた。

本来、貴族のものなどを傷つけると縛り首にされてもおかしくない。

だが自領地に関しては領主の裁量に任されており、ジュエルが今は領主代理である。

いつものジュエルなら、いくら獰猛な動物だったとしても生きるため以外の殺生は望まなかった。

これだけの怒りは、遊びに耽《ふけ》っているブレイクに対して――呑気《のんき》な貴族たちに対して向けられたものだったのだ。

ずっとお世話になっている医師が言うには、セネットは王都にいる高名な医師なら治せるかもしれないとのことだった。

しかしそれには何度も手術をしなければならず膨大なお金がいる。

さらには早くしないと肉が固まり、セネットの成長を妨げ、足が変形してしまうだろうとのことだった。

だから藁《わら》にもすがる思いで何度もブレイクに助けを求める手紙を書いた。

あなたの友人が置いていった猟犬によってセネットは大怪我をしたのだから、と。

治療費をいったん立て替えてくれるだけでもいい。何年かかっても必ず返すから、と。

結局、どれだけ待っても返事が届くことはなく、ついにジュエルはキャンモア侯爵へと訴えたのだ。

「――侯爵様のご子息が招待されたご友人が置き去りにした猟犬によって、弟は一生歩けないほどの大怪我を負ったのです。一時は命さえも危ぶまれて……。ですが、手術をすれば歩けるようになるかもしれないのです。お願いです。どうか手術代をお貸しくださいませんか？」

侯爵は傲慢《ごうまん》で容赦ないほど厳しく、夫人が亡くなってからは慈善活動や寄付などもいっさいせず、さらに年を取ってからは偏屈《へんくつ》になったと有名だった。

そのため皆から恐れられていたが、ジュエルは勇敢にも侯爵邸へと乗り込んでいったのだ。

セネットが再び自分の足で歩けるようになるためには何でもする。

その覚悟でいたジュエルは、厳《いか》めしい顔の侯爵を前にして怯《ひる》む気持ちをひた隠していた。

「……ふむ。本当に弟のためなら何でもすると？」

「はい」

「そうか……」

しばらく沈黙が続き、ジュエルは苛々《いらいら》していた。

セネットのことをハンソン夫人に任せてきているのだが、夫人にも仕事はあり、あまり時間はない。

だが、かなりの高位貴族である侯爵に、たかが小領地の領主代理であるジュエルが急《せ》かせられるわけがない。

今でも十分に無礼を働いているのだ。

「――わかった。手術代は出そう。我が家の客人が猟犬を置いていったばかりに起こった事故だからな」

「あ、ありがとうございます！」

「ただし条件がある」

「何でしょう？　床磨きでも何でもします！」

「使用人は十分に足りている。必要なのは妻だ」

「はい、わかりました！　妻ですね！　……妻？」

喜び興奮していたジュエルは、侯爵の条件をそのままのみ込もうとしておかしなことに気づいた。

侯爵は書斎机に両肘《ひじ》をついてそんなジュエルをじっと見ている。

「あの……妻とはいったいどういう……？」

「私と結婚するのだ」

「結婚!?」

わけがわからず目を瞠《みは》るジュエルに、侯爵は悪戯《いたずら》が成功したように笑う。

その顔を見て、ジュエルは侯爵が噂とは違うのではないかと思い始めた。

そして、ブレイクの笑顔に似ていると。

「私と息子であるブレイクが不仲であることは知っているかな？」

「あの……噂で少し……」

「あれの母親が亡くなってから、少しずつ私とブレイクはすれ違うようになってしまった。私もあいつも短気で頑固《がんこ》だ。妻がよく言っていたよ。私とブレイクはよく似ている、と。本当にそのとおりなのだろうな」

侯爵は立ち上がると、窓の外を眺めながら語り始めた。

その姿は懐かしそうでいて、寂しそうに見える。

「決定的なのは二年前だ。あいつに早く結婚しろとせっついていたが、遊び惚《ほう》けてばかりで一向に真《ま》面目《じめ》に生きようとしない。そこで強硬手段をとることにした。するとあいつは何をしたと思う？　ああ、もちろん噂で聞いているだろうな」

「……はい」

「あのときは大ゲンカをした。それ以来、年に一度だけ嫌みったらしく放蕩《ほうとう》者どもを連れて帰ってきては大騒ぎして王都に戻る。今回もまたひどいケンカになってしまってな。ブレイクは予定を切り上げて王都に戻ってしまったんだ。よって、その猟犬については私の責任でもある」

「その……それと結婚とがどう……？」

ブレイクと結婚しろというのならまだわかる。

だが侯爵と結婚ということは、ブレイクを相続人から外すために子どもを——息子を望んでいるということだろうか。

ジュエルは背中側に組んだしわだらけの侯爵の手を見つめ、唾を飲み込んだ。

本当に侯爵と結婚できるのだろうか。

自分に問いかけ、それからベッドに横たわった未《いま》だに生気のない顔をしたセネットを思い浮かべた。

　あんなに元気いっぱいだった弟が痛みに苦しんでいる。

　やはりセネットの元気を少しでも取り戻せるのなら、何でもやる。

　そう思ってぎゅっと両手を握りしめたところで、侯爵は振り返り、ジュエルの顔を見て目を丸くした。

　それから声を出して笑い始める。

「お嬢さんは誤解しているよ」

「……誤解？」

「ああ。心配しなくても、寝所は別だよ。この結婚を本物にしようとはさすがに思ってないからな」

　ひとしきり笑った侯爵はぽかんとしているジュエルにそう言い、また笑い始めた。

　わけがわからないでいるジュエルに、侯爵はようやく椅子《いす》を勧めた。

　そしてベルを鳴らして執事にお茶の用意を命じると、向かいに座る。

「若いお嬢さんを立たせたままで悪かったね」

「いえ……」

「これから私と君は共犯者になるんだよ」

「ほ、法に触れることは――」

「違う、違う。私たちは結婚する。――そうブレイクに嘘《うそ》をつくんだ」

「嘘……ですか？」

「ああ。ブレイクに私と君が結婚すると知らせよう。そうすれば、きっと怒って乗り込んでくるだろう」

「もし、何も言ってこなければどうされるのですか？」

ジュエルは平然と質問していたが、内心では大きく安堵《あんど》していた。

しかし、次の侯爵の言葉でまた動揺してしまった。

「本当に結婚してしまおう」

「嘘を……本物にするということですか？」

「名目上はな。改めて言うが、君と寝所をともにするつもりはない。だから安心したまえ」

「で、ですが……そんな結婚で、いったい何が得られるというのでしょうか？」

「さあ、何だろうな」

そこで執事がお茶を運んできたので、侯爵は口を閉ざした。

それからしばらくまた沈黙が落ちる。

執事が出ていき、淹《い》れてくれたお茶を一口飲んで、侯爵は再び話し始めた。

「年を取るとますます頑固になるものだな。そして愚かになる。今さら後悔しても遅いことをあれこれと考えても、やり直す勇気もない」

「やり直すことはいつでもできます」

「だがそれを私のプライドが許さないのだよ。だから、これは盛大な親子ゲンカだと思ってくれ。それに君を巻き込んでしまうことは悪いが、その代償は十分に払おう」

　もっと言いたいことがジュエルにはあったが、代償と――手術代を払うと言われてしまってはもう何も言えなかった。

　ただ侯爵と結婚する、ということが――それよりもブレイクの反応が怖くて仕方なかった。

　セネットが手術を受けられる段取りはすべて侯爵が手配してくれた。

　王都までは侯爵家の立派な馬車で慎重に運ばれ、付き添うことのできないジュエルの代わりにハンソン夫人を付き添わせてくれたのだ。

　その間にはハンソン家に手伝いの者までよこしてくれて。

　ジュエルはセネットを心配しながらも一応結婚の準備を進めていた。

　普段のブレイクは侯爵からの手紙をろくに読んでいないとのことだったので、結婚式の招待状はきちんと侯爵とジュエルの連名で送ったのだ。

　そのためブレイクはちゃんと読んだらしい。

　式が予定されていた日の前日にブレイクは帰ってきて、ジュエルを見るなり罵《ののし》った。

「君は何を考えているんだ⁉　三十以上も年の離れた男と結婚しようなんて、それほど金に困っているのか⁉」

「……お金に困っているのは事実だけど、それ以外にも旦那《だんな》様には魅力があるわ。だけど、今度のことは――」

「ああ、確かに父は魅力的だろうな。金はたっぷり持っているんだから！」

「少なくとも旦那様は紳士だわ。お金とは関係なく――」

「よくもそんな嘘を！　若い花嫁を金で買おうとして、どこが紳士なんだ⁉　それとも君が父を誑《たぶら》かしたのか？　君のような田舎《いなか》娘に騙《だま》されるなど、父も老いぼれたものだな！」

「あなたは何もわかっていないのね！　ご自分の快楽ばかりを求め、放蕩の限りを尽くし、お父様を老いぼれ呼ばわりするあなたなどとは比べものにならないくらいに素敵な方よ！」

ジュエルも始めは説明しようとした。

だが、始めからケンカ腰だったブレイクは聞く耳を持たず、ジュエルへ罵詈《ばり》雑言《ぞうごん》を浴びせたのだ。

さらには田舎娘だと詰《なじ》られ、王都の美しい女性たちと比べられていることに深く傷つき、その傷を隠すためにブレイクへ怒りをぶつけてしまった。

その後もブレイクは侯爵との話し合い――にもならないほど怒鳴り合いになって屋敷を飛び出し、冷静さを欠いたジュエルと侯爵はそのまま結婚してしまったのだった。


それ以来、ブレイクは一度も帰ってくることはなかった。

ブレイクには母親や祖父母からの信託財産があり、侯爵の援助がなくても十分贅沢《ぜいたく》に暮らしていけたからだろう。

侯爵もブレイクについて口にすることはなくなり、ジュエルは早くに亡くした父の代わりに侯爵を敬愛して過ごした。

おかげで侯爵も父親のような愛情でジュエルに様々なことを教えてくれた。

社交界のマナーから領地経営まで幅広く。

やがて侯爵が体調を崩し、いよいよ重篤な状態になったとき、ジュエルはブレイクに手紙ではなく、伝言を託して遣いをやった。

それでもブレイクは帰ってこず、葬儀にも顔を出さず、遺言状の公開になってようやく帰ってきたのだった。

2

遺言公開でかなり疲れていたジュエルは、いつもより早めに部屋に引き上げ寝支度を終えていた。

そこで時間を持て余し、つい過去のことを思い出していたのだ。

後悔はしていない。

あの後のブレイクの態度はあまりに酷《ひど》く、ジュエルもまた侯爵を責められないほどに偽りの結婚を楽しんでしまっていたのだ。

最近は当時の自分はあまりにも幼稚だったと反省していた。

侯爵も晩年は口には出さずとも同様に考えていることがわかり、ジュエルは和解のための手紙を何度も送ったのだ。

セネットは無事に手術を受けて順調に回復し、今ではジュエルの身長をとうに追い越している。

ひょっとしたらブレイクよりも高くなったかもしれない。

まだ十五歳ではあるが、しっかりした大人になりつつある。

そして姉が自分のために払った犠牲に——もちろんジュエルは犠牲などと思っていないが——心を痛め、侯爵の葬儀のときもずっと支えてくれていた。

九歳も年下の弟に支えられるなどおかしな話だが、それだけセネットはしっかりしているのだ。

（本当に結婚したとして、二年……）

遺言ではブレイクとの結婚生活は二年と定められていた。

この遺言に従ったとしても、ジュエルには何の得もない。

ただ若さを消費するだけである。

さらには精神も消耗してしまうだろう。

（だけどまあ、もう結婚なんてするつもりはないからいいけど……）

遺言には『ジュエルへ敬意を払うように』とあり、守られなければ結局全財産はジュエルへと譲られることになっている。

その意味を考え、ジュエルは弁護士との帰り際のやり取りを思い出した。

『あの……旦那《だんな》様は本当にあのような遺言を残されたのですか？』

『おや、私をお疑いですか？』

『いえ！　それはもちろん違います。ただ旦那様はとても……お茶目な方だったので、今回のこともご冗談か何かではないかと……』

『あの方を――先代キャンモア侯爵を「お茶目」などと評するのはあなたくらいですよ、ジュエル』

『それは、確かに以前の旦那様はとても厳しい方でいらしたと伺いましたが、私と出会った頃《ころ》にはとても……気弱になっていらっしゃったから……』

『人は年を取ると変わるものです。もちろん変わらない者もいますが……。きっとキャンモア家の方々はよいほうにお変わりになるのでしょう。心配はいりません。ブレイク様もきっと先代様のお気持ちを理解されるでしょう』

そう言って、弁護士は帽子を被り出ていったのだ。

そこまで思い出し、ジュエルはふと気づいた。

「そうか、そういうことね」

「どういうことだ？」

一人呟《つぶや》いたジュエルは、いきなり聞こえたブレイクの声に驚き振り向いた。

すると、今まで侯爵が使っていた寝室の続き扉の枠に、腕を組んだブレイクが寄りかかっている。

「何をしているの？」

急ぎガウンをかき合わせながらジュエルが問うと、ブレイクはその姿を上から下までじっくり見て鼻で笑った。

「父を誑かしたにしては、少々お粗末ではないか？」

「あなたには関係ないわ」

「そうか？　これからは関係あるだろう？　明日には結婚するのだから」

「明日!?　何を勝手に――」

「ああ、もちろん君にとっては結婚なんてしたくないだろうな。父の財産を丸々手に入れられなくなるのだから。私だって君のような女と結婚なんてしたくないが、君のような女だからこそ、侯爵家の財産をむざむざ渡すつもりはない。わかっているとは思うが、私は君が嫌いなんだ」

　はっきり告げるブレイクの言葉に、ジュエルの心はまた傷を負ったが、意地を張って何でもないとばかりに答える。

「そんなの知っているわ」

「だろうな。それで、私が君と結婚するわけがないと計画を立てたわけだ」

「本当に、そんなことを信じているの？　それならこんなまわりくどい条件など出さず、最初から私へすべて遺《のこ》してくださるようにするはずでしょう？」

「ああ、わかったぞ。父は意地の悪い人だったからな。きっと私と君に罰を与えているんだろう？」

「……罰？」

　訝《いぶか》しげに問うジュエルに、ブレイクは馬鹿《ばか》にしたように笑って説明する。

「私の放蕩《ほうとう》ぶりに父は腹を立てていた。それと同様に、君が財産目当てであることに気づいて、すぐに他《ほか》の男と結婚できないようにしたんじゃないか？」

「あなたと一緒にしないでくれる？　それに旦那様は意地の悪い人ではなかったわ。昔は厳しい人だったとは聞いたけれど……意地が悪いのはあなたじゃない。何度も旦那様は手紙を書いたのに返事もよこさず、旦那様のお身体《からだ》が思わしくなくなってからは、私も何度も手紙を書いたわ。それでも顔を見せるどころか、一度も返事をくれなかった……。旦那様は口にはされなかったけれど、あなたに会いたがっていたのよ。それなのに、お葬式にさえ帰ってくることなく、こうして遺言状の公開にだけ間に合うように帰ってくるなんて、どれだけ薄情なの？」

「私は君からの手紙など受け取っていないと何度も言っているだろう？　ああ、それとも都合よくそういうことにしておきたいのか。確かに、私は父からの手紙を極力避けていた。それでも父が長くないと知っていればわだかまりは捨てて帰ってきたさ。それを知らせなかったのは君だ。そのせいで私は父が亡《な》くなったことさえ数日前に知ったばかりなんだ。それとも、遺言執行の期日を知っていて、あえてぎりぎりまで知らせなかったのか？　そうすれば一応は知らせた。だが遺言の指定する期日に間に合わなかったのは私のせいだとできるからな」

　自分に都合よく解釈するブレイクに腹が立ち、ジュエルは負けずに反論した。

「嘘《うそ》じゃないわ！　旦那様がご危篤になられたときだって、何度も遣いをやったもの！　そのたびにあなたの滞在先の執事に追い返されたって帰ってきたわ！　そもそもあなたの滞在先を知るだけでも大変な苦労だったらしいわね」

「信じられないね」

「それなら――」

「君は昔から負けん気が強かったが、嘘はつかなかったのにな。残念だよ。まあとにかく、私は君と結婚する。このまま君に全財産を奪い取られるなんて許せないからな」

「私の意思は無視するつもり？」

「ああ、なるほど。やっぱり財産目当てなわけだ」

「そんなことないわ！」

「じゃあ、それを証明するためにも、私と結婚するんだな！」

そう告げて、ブレイクは扉を音高く閉めた。

ジュエルは閉じられた扉を見つめたまま、深くため息をついた。

見せかけの結婚とはいえ、当初からジュエルはこの部屋を使っていたが、侯爵が亡くなる最後の半年まであの扉を使うことはなかったのだ。

容態が悪化してからの半年ほどは毎晩扉を使って何度も様子を見にいっていたが。

「ほんと、困った人だわ」

一人呟いたジュエルは今まで一度も閉めたことのなかった続き扉の鍵《かぎ》をかけた。

（どうしてブレイクはあんなに変わってしまったのかしら……）

初めてのお茶会で出会った優しい王子様とは、それから何度も遊ぶ機会があった。

一緒に遊ぶうちに優しいだけでなく、悪戯《いたずら》好きでちょっとだけ意地悪なところもあるとわかってきたが、それでもジュエルは大好きだったのだ。

ブレイクの母親である侯爵夫人が亡くなり、寄宿学校に入ってからも、それは変わらなかった。

頻繁に手紙をくれ、ジュエルの父親が亡くなったときは慰めてくれ、母が床《とこ》に臥《ふ》すようになってからもずっと気遣ってくれていたのに。

遅くやってきた反抗期がブレイクと侯爵との間に軋轢《あつれき》を生み、ジュエルと侯爵の結婚が和解の機会を奪ってしまったせいだとすれば、ジュエルにも責任はある。

侯爵の遺言はきっと、あの子どものようなブレイクにこの二年間でせめて領地経営だけでもまともにできるように教えてほしいとのことなのだろう。

経営だけなら管理人を雇えばいいのだが、領主としての義務と責任を自覚させたいのだ。

ずいぶん骨の折れそうな仕事だが、侯爵にはそれだけの恩がある。

(私は愛よりもお金を選んだんだもの。これくらい覚悟の上よ)

ジュエルはこれからの苦難を思いながらベッドに入ったのだった。

◇　◇　◇

ブレイクは扉を勢いよく閉めると、苛々《いらいら》しながら寝室内を歩き回った。

いったい自分は何をしているのだと自問する。

昼間の態度はさすがに酷すぎたと思い、謝罪のために続き扉を使ってジュエルの部屋へと行ったのだ。

平素なら夜遅くに寝室を訪ねるということがどういうことか判断できただろうが、あいにくブレイクはまだ冷静ではなかった。

続き扉を開けて目に入ってきたのは、薄い夜衣にガウンを羽織っただけのジュエルの美しい姿。

一気に魅入《みい》られてしまったブレイクはぼうっと眺め、ジュエルが一人呟いた声で我に返った。

途端に、ジュエルに見惚《みと》れていた自分が恥ずかしくなり、また憎まれ口を叩《たた》いてしまったのだ。

ブレイクは肘掛《ひじか》け椅子《いす》へと腰を下ろし、深く息を吐いた。

「何をやっているんだ……」

嘆くように呟いて、ブレイクは再び立ち上がった。

酒でも飲まなければ眠れそうにない。

ジュエルには偉そうに命令形で言ってしまったが、本当は頼んで結婚してもらう予定だった。

ずっと帰っていなかったとはいえ、この屋敷も土地も、子どもの頃の思い出が詰まった大切な場所なのだ。

たとえ父親の嫌がらせだろうと何だろうと、先祖代々続くこの土地と屋敷を手放すつもりはなかった。

もう何年も帰ってきていなくても、この屋敷も庭も母が愛した場所であり、近くの狩猟場では父と一緒に狩りに出かけ、野原ではピクニックをした思い出がある。

その頃には領民も気軽に声をかけてくれ、時にはちょっとした遊びを教えてくれたりもした。

(あの頃にはジュエルも一緒に遊んで、悪戯をしてはプレム夫人に叱《しか》られたりもしたな……)

昔を思い出し、ブレイクの顔には自然と笑みが浮かんでいた。

ジュエルと初めて会ったのは、母が催したお茶会だった。

まだ五歳だったジュエルは緊張していて母親の陰に隠れていたが、ブレイクが声をかけると恥ずかしそうに微笑《ほほえ》んだ。

ブレイクの差し出した手をおずおずと握った手はとても小さく、お菓子の並べられたテーブルに連れていったときにぱっと輝かせた顔は可愛《かわい》くて今でも忘れられない。

その後も会う機会は何度もあり、そのたびに一緒に遊んだジュエルはちょっと生意気で負けん気が強い女の子へと成長していった。

それがまたブレイクには可愛く思えていたのだ。

ジュエルの父親が亡くなったときには慰め、ブレイクの母親が亡くなったときには慰められた。

それからすぐに寄宿学校へ入れられたときには、親しんだ故郷よりもジュエルと別れてしまうことが悲しく、父親に腹を立てた。

それでも、拙《つたな》い字で書いてくれるジュエルからの手紙が、厳しい寄宿学校での生活を支えてくれたのだった。

ジュエルから、屋敷を維持するのが大変なために小さな家に移り住んだ、と手紙で知らされたときには何もできない自分の無力さに苛立《いらだ》ち、何もしない自分の父親にますます腹を立てた。

長期休みで屋敷に戻っても、すっかり偏屈《へんくつ》になってしまった父親と過ごすのが嫌で、よくジュエルの家に手伝いの名目で遊びに行ったものだ。

その頃にはジュエルの母親は体を壊しており、幼い弟を抱えて大変だったろうに、彼女はいつも笑顔でブレイクを迎えてくれた。

しかし、厳しかった寄宿学校を卒業し、大学に入学したブレイクは、その自由さに心奪われてしまったのだ。

都会の遊び方を知ってしまうと、あれほど楽しみにしていたジュエルからの手紙も読むだけで、返事を書くことも怠るようになっていた。

その後ろめたさから帰郷さえもしなくなったブレイクに、父親はいきなり花嫁候補を用意したから帰ってこいと手紙を送ってきたのだ。

一方的で傲慢《ごうまん》な父親に腹を立てたブレイクが友人たちに愚痴《ぐち》ると、それなら自分たちも屋敷に連れて帰ればいいと言ってくれた。

きっと一緒に父親に抗議してくれるのだろう。

そう考えていたブレイクが悪乗りした友人たちの計画を知ったのは、友人の愛人であるはずの女性が父親の前で急に自分の愛人のふりを始めたときだった。

さすがに驚き否定しようとしたブレイクだったが、父親の苦虫をかみつぶしたような表情を見て、友人の計画に乗ることにしたのだ。

それによって、周囲に――ジュエルにどう思われるかなど考えもしていなかった。

そのため友人たちと馬で出かけた先で久しぶりにジュエルに出会えたブレイクは素直に喜んだ。

声をかけたときには、ジュエルも再会を喜んでくれるものと思っていたのだ。

さらには、粋《いき》な友人たちを連れ、王都で流行の服装に身を包んだ自分に憧れの眼差《まなざ》しを向けてくるだろうと期待した。

ところが、ジュエルはブレイクを見るや、かろうじて挨拶《あいさつ》は返してくれたが、逃げるように去っていったのだった。

父親を困らせて意気揚々としていたブレイクだったが、それ以来ジュエルにはすっかり避けられるようになってしまった。

ブレイクは寂しく思う気持ちを認めることができず、苛立ちを募らせたのだ。

それからさらに父親に当てつけるように不品行を重ね、ついには大ゲンカをして予定を切り上げ王都へと戻っていった。

そしてそれから二年の間、父親からの連絡は無視し続けたものの、そろそろ和解してやってもいいかと思い始めた頃。

父親が再婚する――ジュエルと結婚するとの報《しら》せを受けたのだ。

（誰だって、父親が若い娘と……自分の幼馴染《おさななじ》みと結婚しようとしていると知れば、反対するに決まっているだろ）

あのときの怒りが湧き上がり、ブレイクはグラスを満たした酒を一気に呷《あお》った。

あれが別の若い娘なら、まだブレイクは対処することができただろう。

そのときになって初めて、ブレイクはジュエルに恋していたのだと気づいたのだ。

（だが、ジュエルは金目当てに父と結婚したんだ……）

生活が苦しかったのは知っている。

それでも、ジュエルが父親と結婚したことがどうしても許せなかった。

ジュエルは父親との結婚後、何度も一人で王都に来ていたらしい。

友人はたびたびジュエルを見かけたらしく、別人かと思うほどに着飾っていたと笑いながら教えてくれたのだ。

きっと金と時間を自由にできるようになって、年老いた夫の相手を適当にしつつ王都に遊びにきていたのだろう。

社交界に出てこなかったのは、金目当てに年寄りを騙し結婚した悪女だと知っているブレイクと顔を合わせたくなかったからだ。

（そんなことも父は知らず、ジュエルに華やかな社交界を経験させてやってほしいなどとまで遺すとは……。よほど上手《うま》く父を騙していたようだが、私はジュエルの本性を知っているのだから騙されたりはしない）

ブレイクが昔抱いていた恋心に気づかれるようなことがあっては、狡猾《こうかつ》なジュエルに利用される可能性もある。

それを避けるためにも、ジュエルには厳しく接するつもりだった。

間違っても、ブレイクの祖先が守り抜いてきたこの土地を奪われてはならないのだ。

ブレイクは父親の遺言を無効にするためにも、ジュエルの本性を暴《あば》き皆に知らせようと固く誓ったのだった。

3

「もっとマシな格好はできなかったのか？」

「私は喪中よ。それに、この姿は私の気持ちをよく表していると思うわ」

翌日、真っ黒なドレス姿で教会に現れたジュエルに、ブレイクは眉《まゆ》をひそめた。

どんな姿だろうとブレイクはジュエルを貶《けな》さなければ気がすまないらしい。

そう考えたジュエルはつんと顎《あご》をあげて答えた。

泥だらけの田舎《いなか》娘と言われたことを忘れてはいない。

そんなジュエルの態度にブレイクはむっとしたようだ。

ブレイクの父親である侯爵との結婚式では純白のドレスを着たが、あのときと同じようなドレスを着るつもりはなかった。

「こらこら、神の御前でそのように諍《いさか》いを起こしてはいけませんよ」

牧師の前だったことにお互い気づき、二人ともはっとして祭壇へと向き直った。

祭壇の前では牧師が穏やかな笑みを浮かべている。

「牧師様、そもそもなぜあなたまでこんなことに加担されたのです？」

「おや、加担とはまるで悪事のような言い方ですね」

「似たようなものですよ。今回の遺言は正当な後継者から財産を奪う企《たくら》みでしかないでしょう？」

よく牧師様にそんなことが言えるものだとジュエルは呆《あき》れたが、当の牧師は気を悪くした様子はない。

微笑《ほほえ》みを浮かべたまま首を横に振った。

「それなら最初から彼女に財産を残すように勧めましたよ」

ジュエルと同じことを指摘されて、ブレイクはばつの悪そうな顔をした。

それでも、ブレイクはすぐに気を取り直し抗議を続ける。

「それにしても、こんなことが異常なことくらいわかったでしょう？　なぜ父を止めてくださらなかったのです？」

「私はあなたのお父君のお気持ちを理解したうえで、遺言状作成の立会人になったのです。ブレイク様、あなたがお父君ともっとちゃんとお話をされていれば、少なくともジュエルを――彼女を犠牲にすることもなかったのです」

「牧師様まで彼女のことを名前で呼ばれるのですね。どれだけ彼女は男を惑わせているのでしょうか」

「なんてことを！　牧師様は私が幼い頃《ころ》からよくしてくださっているんだから当然でしょう!?」

牧師に対してあまりに失礼な発言に、ジュエルは怒りをあらわにした。

しかし、牧師は逆に声を出して笑う。

「何がおかしいのですか？」

「いやあ、いろいろと納得しているのですよ。人の心というのは実に複雑なものですからね」

「そうですか。では、さっさと式を行ってください。私は別にお説教を聞きたいわけでも懺悔《ざんげ》をしたいわけでもなく、ここへは結婚式を行いにきたのですから」

「ああ、そうでしたね。それではジュエル、本当によろしいのですね？」

牧師の問いに対し、ブレイクは鼻で笑った。

そんな彼から視線を移し、ジュエルは牧師をまっすぐに見つめて頷《うなず》いた。

本当はこんな形で結婚なんてしたくない。

だが、結婚せずにジュエルが財産を相続してもブレイクにだけは譲渡してはならないとの条件までつけられていたのだ。

ブレイクにちゃんと財産が受け継がれるために、この契約結婚を無事に成し遂げてみせるとジュエルは誓ったのだった。

翌朝。

新婚の花嫁らしくなく、いつものように朝早く起きたジュエルは、朝食後に領地管理人のジードと打ち合わせをして、屋敷周りを点検がてら散策して過ごした。

そして午後からはプレム夫人と冬に向けての食料の備蓄について打ち合わせする予定で、早めに昼食をとっていた。

（今日の夕食はどうしようかしら……）

夕食のメニューを考えるのは女主人の仕事だ。

しかし昨夜は結婚を祝してプレム夫人主導で晩餐《ばんさん》の準備をしてくれていた。

それをブレイクと二人きりで食べたのだが、始終無言で味気ないものに終わった。

せっかくのみんなの気遣いに申し訳なかったが、ケンカをするよりはマシだろうとジュエルはあえてブレイクに話しかけることはなかったのだ。

ブレイクもただ黙々と食事を続け、終わるとさっさと席を立った。

きっと書斎か遊戯室ででもお酒を飲んでいるのだろうと、ジュエルも自室に引き上げた。

ただ給仕をしてくれた執事のルトールや他の使用人たちには申し訳なく、昨夜に続いて今朝も謝罪してばかりだった。

あんな調子では、今夜もブレイクと一緒に食事をとっても気詰まりなだけだ。

どうすればブレイクも真面目《まじめ》にこの契約結婚に取り組んでくれるのかと考えていると、当の本人がぶらりと部屋に入ってきた。

「君も今、朝食なのか？」

「昼食よ」

「昼食？　ずいぶん早いんだな」

「あなたが遅いのではない？　ああ、でも都会の貴族の方々はお昼過ぎまで寝ているのが普通なのだったかしら？　夜遅くまで遊んでいるから」

「遊んでばかりいるわけじゃない。それに社交だって立派な仕事だ」

ブレイクの言葉に、ジュエルは仕返しとばかりに鼻を鳴らした。

淑女ならそんなことはしないが、ジュエルは気にしない。

ブレイクは不快そうにしながらも、何も言わずジュエルの向かいに座った。

寝起きでもやはりブレイクはかっこいい。

王都でもブレイクは未婚既婚問わず女性たちからとても人気があるらしい。

そんなブレイクが二年間だけとはいえ、夫となったことで密《ひそ》かにジュエルの胸はときめいていた。

（って、これはただの条件反射よ。それを自分で勘違いしてはダメ。間違って本気になっても泣くことになるだけなんだから）

ブレイクにはお金目当てと思われているのだから、そのままにしておいたほうがこれからの二年間を感情に惑わされずやり過ごせるだろう。

ジュエルの使命はブレイクに領主としての自覚を持ってもらい、この土地を大切に思ってもらえるようにすることなのだ。

執事のルトールがブレイクのブランチを運んで来たのを横目に見て、ジュエルは食後のお茶を飲みながら新聞を読んでいた。

　ちなみに王都発行のこの新聞は侯爵領まで届くのに一日かかる。

「今日の——いや、昨日の社交欄にはどんなゴシップが載っているんだ？」

「さあ？　社交欄はまだ目を通していないから」

「では、何を読んでいるんだ？」

　驚くブレイクに、ジュエルもまた驚いた。

　何を言っているのかしら、とばかりにブレイクを見て答える。

「今は政治欄だけど？」

「政治？　君が？」

　馬鹿《ばか》にするような言い方に腹が立つより呆れて、ジュエルはため息をついた。

「女性だって政治に興味を持つわ。それに旦那《だんな》様は視力が衰えていらっしゃったから、もうずっとお手紙などは私が代わりに読み上げていたの。もちろん新聞は隅から隅まで」

　そこまで言って、ジュエルはちくりと嫌みを挟んだ。

「もちろん社交欄も。あなたの動向もよく載っていたものね」

「君には関係ない！」

「ええ、そのとおりよ。私はただ記事をそのまま読み上げていただけだもの」

「まさか君はあんな記事を鵜呑《うの》みにしたのか？　それで父上に私の印象を悪くしたのか？」

「できれば私もあなたの記事は避けてしまいたかったわ。それでも旦那様が『すべてをきちんと読んでほしい』と望まれたのよ。今さら後悔するならもっと行動を慎《つつし》めばよかったのではない？」

「あんなものは嘘《うそ》ばかりだ」

「どちらかというと、大げさなのでしょう？　旦那様もそのことはご存じだったと思うわ。お考えは最期までしっかりしていらっしゃったから」

「それはどうだかな」

　ブレイクが最後に口にした言葉に、ジュエルはむっとした。

　先代侯爵の遺言内容を知れば、誰もが正気を疑うに違いない。しかも、ブレイクはそれをジュエルが書かせたと思っているのだ。

　もちろんジュエルはいっさい関わっておらず恥じる必要もないのだが、その遺言のおかげでこんなおかしな状況になってしまっている。

　ブレイクはそんなジュエルの様子を見て、「ほら、やっぱりな」とでも言うように片眉を上げた。

　ジュエルはルトールの心配そうな視線に気づいて、急ぎ気持ちを立て直して平気なふりをした。

「もう……今になって旦那様が何をお考えだったのかは議論しても無駄でしょう。遺言は執行されているもの」

　鼻で笑うブレイクを睨《にら》みつけるようにジュエルはまっすぐ見返した。

「旦那様の意図がどうであったにしろ、私はこの二年の間にやるべきことをやるつもりよ」

「へえ？」

「……この五年間、旦那様は私に多くのことを教えてくださったわ。その中の一つ、何よりも大切なことである領地について——領主として領民たちの暮らしを守るためになすべきことをあなたに伝えるつもりよ」

「ここにはジードがいるだろう？　彼は立派な領地管理人だ。彼を蔑《ないがし》ろにするつもりか？」

「いいえ、そうではなくて……。実務的なことはジードに任せていれば問題は何もないわ。だけどそれ以外にもやるべきことがあるの。私も旦那様に教わるまでは気づきもしなかったけれど……」

　管理人のジードはかなり優秀で長年侯爵領をしっかり管理してくれている。

　既存の作物の収穫だけでなく、領地にある森林の全体的な管理、新たに畑にするための土地の開墾作業の統率など、数えきれないほどの実績があった。

　だが領主としてジードの上げてくる報告に目を通し、計画の是非を決め、さらには領民の生活にまで目を配る。

　領主の娘として育ちながら何もできていなかったジュエルは、侯爵家で学んだことをセネットの代わりに小さな領地で行い、以前よりも領民の暮らしを楽にできたのだった。

　今は十五歳になったセネットがジュエルに相談し、学校にも通いながらもどうにかやっている。

「——では、その領主の仕事とやらを教えてもらおうか」

「え？　ええ。だけど、今日はもう終わったわ」

「終わった？」

「そうよ。ジードとの打ち合わせや簡単な見回りは午前中に終わらせるから。午後からは領館内の仕事と……。とにかく夕食の打ち合わせなどをプレム夫人と行うの。侯爵様は今日の夕食は晩餐室でとります？　それとも……お部屋で？」

　ジュエルはわざとブレイクを『侯爵様』と呼ぶことで、距離を取ることにした。

　この契約結婚を本物と勘違いしないための自分への防衛策だったが、ブレイクは不満げに顔をしかめた。

　しかし、すぐに意地の悪い笑顔に変わる。

「晩餐室でとることにするよ。明日からのことも話し合わなければ。おそらく明日からはこの田舎でも少々賑《にぎ》やかになるだろうからな」

「……どういうこと？」

「今朝の新聞には――明日届く新聞の社交欄には私たちが結婚したことを報じる記事が載っているはずだ」

「わざわざ誰かに知らせたの？」

「誰かではない。新聞社だ。父上の遺言では君を社交界に連れ出せというものだった。それならば必要なことだろう」

「だけど……これは二年間だけの結婚よ？　皆に知らせなくても、条件は満たされたはずだわ」

「二年間とはいえ、これは本物の結婚だろう？　その間、私は結婚目当ての女性たちから逃れられるのだからちょうどいいさ。まあ、君は年老いた夫が亡《な》くなってからたった半年でその息子に乗り換えたと思われるだろうが、仕方ないよな。これも父の遺志なんだから」

　青ざめるジュエルを残して、ブレイクはカップを置くと席を立ち部屋を出ていった。

4

翌朝。

朝食を食べ終えて新聞を開いたジュエルは、社交欄に目を通して深くため息をついた。

昨日ブレイクが告げたとおり、二人の結婚が記事になっていたのだ。

もちろん先代侯爵の遺言については触れていなかったが、ジュエルは見事に父親から息子に乗り換えた悪女に仕立て上げられていた。

『理想の結婚相手として常にその動向が注目され、数々の女性を袖にしてきたブレイク・キャンモア卿がついに結婚！

お相手はなんと先代キャンモア侯爵未亡人！

未亡人から再び侯爵夫人へと返り咲いたジュエル・キャンモア夫人にはいったいどんな魅力があるのか!?』

その記事を読んで、ジュエルは声を出して笑った。

別の新聞ではキャンモア親子を翻弄《ほんろう》する妖婦《ようふ》とある。

もう笑わずにはいられなかった。

この記事を書いた記者も、読者も、実際のジュエルを見たら目を丸くするだろう。

妖婦といわれるキャンモア夫人はただの田舎《いなか》娘でしかないのだから。

「何かそんなに面白《おもしろ》い記事があったのか？」

「あなたが昨日言ったとおりのことが書いてあったから。いえ、それ以上かも」

答えながらジュエルはテーブルに新聞を広げ、自分のことが書かれた記事を指さした。

ブレイクはさっと目を通し、にやりと笑う。

「確かに面白いな」

「ええ。私が妖婦だなんて、本当に新聞には嘘《うそ》も多いのね。ごめんなさい。これもあなたが言っていたとおりで、あなたを非難するべきではなかったわ」

「それは気にしないでくれ」

ジュエルが謝罪すると、ブレイクは肩をすくめて答えた。

そこでもう一つ言わなければと、ジュエルは続ける。

「それに、ご近所さんからのお茶会の招待状がさっそく何通か届いたわ。皆さん、どういう状況なのか詳しく知りたくなったみたいね」

「どうするんだ？」

「もちろんお断りするわ」

「いいのか？」

「ええ。元々最低限のお付き合いしかしていないし、今は喪中だもの。断っても失礼じゃないわ。それよりも、今日は午後から西方面の小作地の様子を見に行く予定だけれど、あなたはどうする？」

「一緒に行くよ。だが、そちらに何かあるのか？」

「先日の大風で倒れた木が何本かあったのだけれど、その撤去が終わったらしいので、確認しておこうと思って」

「ああ、あの風は王都でも酷《ひど》かったよ」

　それからは今年の天候についての話題になり、二人は再会して以来、ようやくまともに会話をして過ごしたのだった。

　午後になって、視察に出かけるためにジュエルは早々に準備を終わらせていた。

　ブレイクを待つ間、ジュエルがプレム夫人と家事室でちょっとした雑談をしていると、若い男性が開いたままの扉をノックして自分の存在を知らせる。

「――セネット！　どうしたの？　ここまでは馬で来たの？」

「うん。馬は裏口に繋《つな》いだよ」

「何もなかった？　足は大丈夫？」

弟のセネットはいつも屋敷の裏口を利用する。

それくらいもう何度も来訪しているのに、ジュエルはどうしても足の古傷を心配してしまうのだ。

「平気だよ」

駆け寄るジュエルに苦笑して答えたセネットだったが、すぐに怖いくらい真剣な表情になった。

「姉さん、新聞を読んだよ。どういうことなの？　何で姉さんがあの人と結婚することになったの？　何かあって脅されたりしてないよね？　そもそもどうして教えてくれなかったの？」

矢継ぎ早に質問してくるセネットに、ジュエルは答えを詰まらせた。

あの遺言の内容を伝えれば、セネットは怒ってブレイクに詰め寄りかねない。

あまりに多くのことが起こりすぎて混乱していたために、セネットに前もって伝えていなかったことをジュエルは後悔した。

新聞で姉の再婚を知らされれば、怒るのも当然である。

それに傷ついていることもわかった。

二人だけにしたほうがいいと思ったのか、プレム夫人は気を利かせて出ていく。

その間にジュエルは懸命に頭を回転させて言い訳を考えた。

「……知らせなかったのは悪かったわ。ごめんなさい。いろいろなことが一度にありすぎて、私も混乱していたの。だって、まさか私が……ブレイクと結婚できるなんて思わなかったから。嬉《うれ》しすぎて未《いま》だに信じられないくらいなの」

「本気で言ってるの？」

「ええ、だって私がブレイクを好きだったのは知っているでしょう？」

「それはそうだけど……」

ジュエルが五年前までブレイクを好きだったことは、セネットも知っていた。

だからこそ、怪我《けが》が治って落ち着いた頃《ころ》、ジュエルが先代侯爵と結婚したと知ったときには自分のせいだと察してひどく落ち込んでいたのだ。

「今回のことは、他《ほか》の人には内緒なんだけど、契約なの」

「契約!?　姉さん、いったい――」

ジュエルとブレイクが二人とも実は両想いで結婚することになったなどといった嘘だと、ブレイクの態度からそのうちバレてしまうだろう。

それならいっそのこと、少しだけ真実を織り交ぜて話そうとジュエルは打ち明けた。

ジュエルは驚くセネットに静かにするように、人差し指を唇に当ててみせる。

「……あのね、ブレイクは領地経営にまだ慣れていないでしょう？　それなのに侯爵家の領地は広大だわ」

「そんなの自業自得じゃないか」

「そうかもしれないわね。でも私は、旦那《だんな》様に恩返しをするためにも、ブレイクにキャンモア侯爵家について、しっかり学んでもらうつもりなの。ただ、私がブレイクの傍《そば》にいるとあれこれ言う人もいるから、それなら結婚してしまおうってことになったのよ」

「……やっぱりそんなのおかしいよ。どうして姉さんばかり苦労しないといけないんだ」

「でも私にとっては苦労じゃないわ。少しだけでも、ブレイクの傍にいられるのなら嬉しいの」

「でも――」

「セネット、これは私の人生なんだから、黙っていてほしいの。後悔するのがわかっていても、今は幸せなんだから」

「……わかったよ」

セネットは納得していないようだったが、ジュエルは強引に押し切った。

姉に自分の幸せだと言われては、セネットももう何も言えないらしい。

ジュエルにとってはこの結婚理由はセネットを誤魔化《ごまか》すための言い訳のつもりだったが、それが本心であることに気づいて動揺していた。

たとえ契約でも、嫌われていても、本当はブレイクと結婚できたことに喜んでいたのだ。

それでもこの気持ちは絶対に秘密にしなければならない。

「さあ、セネット。今からでも学校に戻りなさい。抜けてきたんでしょう？」

「ええ～」

「文句言わないの。さあ、早く」

セネットを急《せ》き立てるように裏口に向かいながら、ジュエルは胸の痛みを隠して無理に微笑《ほほえ》んだ。

渋々といった様子ではあったが、セネットは裏口の傍の木に繋いでいた馬の手綱を解《ほど》く。

「姉さん、今度こそは何かあったら絶対に教えてくれよ。後から聞かされるなんて、もう嫌だからね」

「ええ、わかったわ。それに関しては、本当にごめんなさい」

「……もういいよ。だけど、本当に大丈夫なんだね？」

「もちろん」

馬に跨《またが》りながらセネットはジュエルに念押ししてから、心配そうに問いかける。

ジュエルはとびきりの笑みを浮かべて頷《うなず》いた。

「じゃあ、くれぐれも気をつけてね。足が痛くなったらすぐに休むのよ？」

「わかってるよ」

いつもの心配性の姉の言葉に苦笑し、セネットは去っていった。

ジュエルはその背を見えなくなるまで見送り、ほっとして踵《きびす》を返し、ぎくりとする。

そこにはブレイクが立っていたのだ。

「今のは使者か？」

ブレイクはセネットが馬に乗っていながら裏口にいたことで、使者だと思ったらしい。

「え、ええ。もうすぐ商隊が来るらしいの」

弟のセネットだと言えば、なぜ紹介しなかったのかと問われるかもしれないと、ジュエルは後で伝えようと思っていた報《しら》せを口にした。

二人を紹介してしまっては、ジュエルの嘘がバレてしまう。

ブレイクはまるでジュエルの嘘を見抜こうとするかのようにじっと見ていたが、やがて軽く息を吐いて口を開いた。

「商隊について教えてくれ」

「ええ。もうすぐ来る商隊は毎年この時期にやって来るの。かなり規模の大きな商隊だから、みんなワクワクしているわ」

ジュエルはブレイクが信じてくれたことに安堵《あんど》して、屋敷に戻りながら商隊についての説明を始めた。

ブレイクは思っていた以上に真剣に聞いてくれる。

そのまま屋敷内を通り抜けるように玄関を出ると、二人で厩舎《きゅうしゃ》に向かった。

厩舎では領地管理人のジードが馬丁《ばてい》たちと話をしながら、すでに待っていてくれた。

ブレイクが待たせたことを謝罪すると、ジードは早く来てしまっただけだからと答えながら恐縮している。

ジュエルはそんなやり取りを意外な思いで見ていた。

ブレイクはずいぶん尊大になってしまったと思っていたが、ジードだけでなく馬丁たちにも気軽に声をかけているのだ。

そういえば、弁護士や牧師に対して態度が悪かったが、あれは遺言に関わることだったからだとジュエルは気づいた。

普段は執事のルトールやプレム夫人にも丁寧《ていねい》に接している。

(そっか……要するに、私にだけね……)

ブレイクは変わったと思っていたが、実際はジュエルに対してだけなのだ。

それだけジュエルは嫌われているのだろう。

(そんなの当たり前よね……)

今さらわかってはいたことだが、やはりつらい。

それでも覚悟していたことで、ジュエルは気持ちを切り替えた。

ブレイクが昔とそれほど変わらないのなら、きっと領地運営に関しては心配ないはずだ。

その予想は当たり、三人で倒木が撤去された場所まで向かう間、ブレイクは積極的にジードにあれこれ質問していた。

しかも、ジュエルにさえ必要なら意見を求め、真剣に耳を傾けてくれる。

「――先日の大風では、人的被害はなかったけれど、家屋の破損は一部であったの。だから、これを機会に一度しっかり点検するべきだと思うわ」

「領内すべての家屋の点検ということか？　それは各個人で？　それとも専門家を派遣してか？」

「まずは各個人……というより、隣近所で協力してもらってね。お年寄りだけの世帯は大変だから。

そこで問題が見つかれば、各長に報告してもらって専門家を派遣するつもりよ」

「なるほど。では、家に限らず納屋《なや》や馬小屋なども対象にしよう。それらに被害が出ても、皆が困ることに変わりはないだろう？」

「ええ、そうね。そのとおりだけど……時間とお金が予想以上にかかるわよ？」

「金を惜しんで被害が出るよりいいだろう？　時間は優先順位を決めて取り掛かるようにすればいい」

ジュエルとしてはブレイクの提案どおり、納屋や家畜小屋も点検したかった。

ただブレイクがそこまで許容するのかわからなかったのだ。

点検も補修も時間とお金がかかる。

そのことを伝えたつもりだが、ブレイクにはジュエルがお金を出し惜しみしていると思われたのかもしれない。

答えるブレイクの口調は冷たかったが、ジュエルは気づかないふりをした。

ジュエルがどう思われようと、領地のためにしてくれることなら大歓迎である。

その後もジードを交えてあれこれ話をしながらの視察は、ジュエルが思っていたよりもずっと有意義に終わった。

ブレイクも先ほどのやり取りを引きずることもなく、ジュエルにも普通に接してくれたのだ。

新聞記事のせいでセネットには心配をかけてしまったが、この調子なら嘘にはならずにブレイクと契約としての結婚生活を送れそうで、ジュエルは一日を終えた後にほっとしてベッドに入ったのだった。

◇
◇
◇

「奥様！　先日はありがとうございました！　おかげさまで、息子も元気になりました！」

「よかったわ！　これからちょうど様子を見に行こうと思っていたの。回復したというのは聞いていたけれど、その後はどう？　まだ無理はできないでしょう？」

結婚式から十日が過ぎた頃。

幼子のようにジュエルの後をついて回っていたブレイクは、徐々に考えを改めていた。

西の小作地の視察を終えた後も、ジュエルは毎日どこかしら領地を見て回っているのだ。

はじめはブレイクに対する見せかけなのかとも疑ったが、ジュエルに声をかけられた領民たちは驚いた様子もなく嬉しそうにしていた。

だがその領民たちも、ブレイクに気づくと慌てて頭を下げ、気まずそうにする。

やはり昔からの悪評が原因なのだろう。

それればかりか、ブレイクと結婚したジュエルのことを心配しているようだった。

どうやら遺言については知られていないようなのだが、新聞記事の内容を信じてはいないようで、領民たちは何かよほどの理由があるのだろうと考えているらしい。

（まさか、無理やり結婚させられたとまでは思っていないようだが……）

そう考えると、ブレイクの良心がちくりと痛んだ。

ここ数日、ジュエルを観察した結果、当初ブレイクが考えていたようなものではなかったからだ。

ジュエルは侯爵夫人としてもっと優雅に暮らしているのかと思っていたのだが、朝から晩まで何かしら働いている。

これでは、母と弟を支えて苦労していた昔と大して変わらないだろう。

（いや、生活の心配はしなくていいし、直接、家事労働をしなくてもいいのは大きな違いか……）

そこでふとブレイクは、ジュエルが弟やその小さな領地についていっさい触れないことに気づいた。

「そういえば、君の弟は元気なのか？　領地はどうしている？」

「え？　あ、ええ……弟は元気よ。今は街の学校に通っているの。領地もちゃんと管理しているわ」

ブレイクの突然の質問に、ジュエルは慌てたようだった。

昔は小さな弟の世話を健気《けなげ》にしていたが、やはり負担だったのだろう。

（父と結婚して、その面倒からも逃れられたというわけだ）

ブレイクは自分が寄宿学校へ入れられたときの寂しさを思い出して苛立《いらだ》った。

「学校に通っているのなら、君が面倒を見なくてもいいわけだ」

「……ええ、そうね」

ジュエルにとって、弟のセネットのことはブレイクとあまり話題にしたくなかったのだ。

そのためブレイクが何か勘違いしているようではあったが、訂正することはしなかった。

すると、ブレイクは当然のようにジュエルと別れた後に結婚する相手について話し始める。

「私は結婚して子どもを持てたなら、できる限り手元で育てたいと考えている」

「……そう。では、そのようにすればいいのではないかしら？　もちろん、奥様のご意向も確認するべきだとは思うけど」

「反対するような女性とははじめから結婚しないよ」

「それが正解ね」

ブレイクの言葉に傷つきながらも、ジュエルは笑顔で答えた。

5

「侯爵様、もしよければ午後からの視察は、馬の放牧場にしません？」

連日の視察で近場の領地は見終わったので、ジュエルはドキドキしながら提案した。

先代侯爵がこの五年の間に新たな事業として始めた競走馬の育成を、ブレイクがどう受け取るか不安があったのだ。

馬が好きなブレイクが帰ってきてくれることを先代侯爵が願って始めた事業だとジュエルは気づいていたが、それはまだ言わないほうがいいだろう。

「ありがとう、ジュエル。ちょうど私も気になっていたんだ。五年前にはなかったものだからな」

ブレイクの機嫌よい返事に、ジュエルはほっとした。

放牧場について悪くは思っていないらしい。

ジュエルは安堵《あんど》の笑みを浮かべてその場を離れると、プレム夫人に午後からの予定を伝えにいった。

「――あら、放牧場ですか？　それなら簡単に摘《つ》まめるものを作りますから、昼食もそちらで食べられてはどうですか？　お二人ともお仕事ばかりですもの。息抜きにピクニックでもいかがですか？」

「……放牧場へは仕事で行くのよ？　私とピクニックだなんて、侯爵様は気分じゃないと思うわ」

「そうですかねえ？　ブレイク様は案外楽しまれると思いますけど。最初の頃《ころ》はカリカリされていらしたブレイク様も、最近ではすっかり穏やかになられたじゃないですか。お二人がご一緒に過ごされているお姿は、まさにお似合いのご夫婦ですよ。奥様に向けられる眼差《まなざ》しもとてもお優しくて……」

「そ、それはプレム夫人の勘違いよ。それに侯爵様はみんなに優しいわ」

ジュエルはプレム夫人な言葉を慌てて否定した。

実際、ジュエル自身も最近はブレイクの視線にドキドキすることがあるのだ。

そんなときは今のは偶然だと、勘違いしないようにと、必死に言い聞かせていた。

「そうですかねえ……。まあ、みんなもブレイク様が、思っていたような方ではなかったと安堵しているのは確かですが……」

プレム夫人は納得いかないとでもいうように呟《つぶや》いた。

ブレイクが戻ってきた当初は、五年前の大ゲンカを知っている屋敷の者たちは緊張していたようだが、心配の必要はなかったと今では思っているらしい。

立派な当主になろうとしているブレイクの努力が皆に伝わっているのだ。

「とにかく、プレム夫人の提案はありがたいけれど、予定は午後からだし、侯爵様もそのつもりでいると思うわ。だから、ピクニックの用意はまたの機会にお願いするわね」

ジュエルはプレム夫人の好意を無駄にしないように笑顔で婉曲《えんきょく》に断り、自室に戻った。

きっとまたの機会はないだろうこともわかっていながら。

そして午後になり、新しい放牧場までブレイクと一緒に向かうとき、ジュエルは歩いていくことを提案した。

屋敷近くにある厩舎《きゅうしゃ》や車庫とは違い、新しい放牧場はかなり歩かなければならない。

それでも昔はよく一緒に歩いた道であり、ゆっくり話もできると思ったのだ。

幸いブレイクは嫌な顔もせず、喜んで賛成してくれた。

今日はとても天気もよく、散策日和《びより》である。

「久しぶりにこのあたりを歩いたけれど、あまり変わっていないな」

「ええ。ここを抜ければあの貯蔵庫跡のある森に入れるわ」

ブレイクが機嫌よく呟いたので、ジュエルは思わず昔よく遊んだ場所を口にした。

言ってしまってから失敗したと思ったジュエルだったが、ブレイクは楽しそうに答える。

「ああ、あそこか……。懐《なつ》かしいな。秘密基地にしようといろいろ持ち込んだよな」

「そうね。まあ、プレム夫人やルトールにはお見通しで、秘密基地でも何でもなかったんだけど」

「危険がないようにと、森の管理人に頻繁に見回るように伝えていてくれたからな」

「それどころか、持ち込んだ食べ物が傷まないようにって、プレム夫人は定期的に交換してくれてたのよね」

「そうだった、そうだった。てっきり魔法だと信じていたのにな」

嬉《うれ》しくなったジュエルがわざとらしく嘆くように言うと、ブレイクは楽しそうに笑って頷《うなず》いた。

昔と変わらないブレイクの笑顔は間違いなくジュエルに向けられたもの。

それだけでジュエルの胸は高鳴り、恋心がむくむくとよみがえってきそうになった。

（ダメダメ。これは私にじゃなくて、あの頃の思い出に対してブレイクは笑っているだけ！　勘違いしてはダメ！）

ジュエルは必死に自分に言い聞かせて気持ちを抑えつけ、他の話題を振る。

おかげで放牧場まで二人は思い出話に花を咲かせ、嫌みのないブレイクとの時間はとびきり楽しいものになった。

やがて新しい放牧場へとやってきたブレイクは、厩舎やその他の設備などひととおり見て回り、感嘆のため息をつく。

「素晴らしい馬たちだな。厩舎も広く、牧場も広い。もちろん馬丁《ばてい》たちも皆よく働いている。馬たちが満足しているのがわかるよ」

「そう思ってくれて嬉しいわ。きっと侯爵様に褒められて、旦那《だんな》様は誇らしく思っているはずだわ」

今までの時間が楽しかったために、ジュエルは浮かれて何も考えずに口にしてしまった。

途端にブレイクの笑顔は、最近すっかり馴染《なじ》みになった嘲笑に変わる。

「父が私の評価を気にするとは思えないな。そもそもなぜここに放牧場を作ったんだ？　他にも場所はあっただろう。ここは私の気に入っていた狩猟場だったのに、君が勧めたのか？　競走馬の飼育はいい金になるからな」

「そんなことは……」

冷たくブレイクに言われ、ジュエルは戸惑い言葉を詰まらせた。

そこに屋敷の従僕がやってくる。

どうやら急ぎの用事でジュエルを呼びに来たらしい。

「私はもう少しここを見て回りたいから、かまわず戻ってくれ」

「……わかったわ」

なぜ急にブレイクが不機嫌になったのかわからないまま、ジュエルはその場を後にしたのだった。


従僕と戻っていくジュエルから、ブレイクは視線を外し、厩舎へと足を向けた。

今まで楽しい気分でいたブレイクは、ジュエルが未《いま》だに父親のことを「旦那様」と呼んだことで現実を思い出したのだ。

先ほどまでの頬《ほお》を上気させて笑うジュエルはとても魅力的で、危うく心奪われてしまうところだった。

この苛立《いらだ》ちは自分まで騙《だま》されそうになったせいだと言い聞かせ、馬丁頭に声をかける。

「忙しいところ悪いが、少し話を聞いてもいいかな？」

「もちろんですとも、ブレイク様」

昔馴染みの馬丁頭に「ブレイク様」と呼ばれて、未だに自分がまだ子どものままのような気がした。

馬丁頭に含んだところはいっさいなく、単に癖のようなものなのだろう。

ブレイクのことを「侯爵様」と呼ぶのは、ジュエルくらいなのだ。

ジュエルも昔は名前で呼んでくれていたのにと、寂しくなってくる。

同時に、侯爵として受け継いだもの、これから為すべきことが急に重くのしかかってきた。

父の葬儀にも出ることができず、今までどこか現実味がなかったのだろう。

「ブレイク様？　お顔の色が優れないようですが……」

「い、いや。大丈夫だ。ずっと不摂生をしていたから、ここでの健康的な生活にまだ慣れていないんだよ」

「それでは健康的な生活のはずが、本末転倒ですね」

ブレイクがどうにか誤魔化《ごまか》した言葉に、そう言って笑うのは子どもの頃からよく相手をしてくれていたからだ。

そんな彼や他に厩舎で働く者、屋敷の使用人、領民すべてがブレイクの判断一つで生活を左右させてしまう。

だから、自信のなさを見せてはダメなのだ。

領民たちの前では堂々としていなければ不安にさせてしまうため、自分の不安などは二の次にしなければならなかった。

なのにブレイクは馬丁頭の説明を聞きながらも、ついジュエルのことを考えてしまっていた。

ジュエルが母親を亡《な》くしたとき、小さいながらも領主となった幼い弟を一人で支えなければならなかったときはどれだけ不安だったのか。

そんな彼女はブレイクの父親に助けを求めたのかもしれない。

あの頃のブレイクでは――今もだが――何の力にもなれなかったのだから。

（ひょっとしてジュエルが金目当てに結婚を迫ったのではなく、父がジュエルの弱みにつけ込んだのか……？）

そこまで考えて、ブレイクはぞっとした。

確かに父親は頑固《がんこ》で短気で偏屈《へんくつ》で、ブレイクとはケンカばかりだったが、そんな卑劣な人間ではないはずだ。

あの結婚式直前のときも、ジュエルは父親のことを恐れているふうでも強制されているふうでもなかった。

だとすれば、領地経営について教えられているうちに、自然と愛が芽生えたのかもしれない。

（いや、そんなことがあるのか？　あの二人は親子どころか、もっと年の差があって……）

愛があれば年の差など関係ないという者もいるが、ブレイクはいつも鼻で笑って聞いていた。

愛よりも金だろう、と。

そんな皮肉屋のブレイクだったが、今は単に二人が愛し合っていたということを認めたくなかった。

だからこそ、ジュエルが金目当てだという証拠を見つけようとするのだが、皆にそれとなくジュエルのことを訊《たず》ねても、称賛の言葉が返ってくるだけなのだ。

「――こうして、ブレイク様がお戻りになって、先代様もきっとお喜びになっているでしょうね」

「あ、ああ……」

自分から案内を求めておきながら、心ここにあらずといった調子で馬丁頭の話を聞いていたブレイクは、曖昧《あいまい》に相槌《あいづち》を打ってから、いつの間にかまた放牧場へと移動していることに気づいた。

「……素晴らしい牧場ではあるが、ここまで整備するのは大変だったろう？」

「そうですね。確かに、他にも土地はありますのに、なぜ先代様はわざわざ狩猟場である森を切り開いてまで牧場になさるのかと、当初は思っておりました。ですが、この森は……その、奥様の――ジュエル様のためでもあるのだと気づいたのです」

「ジュエルの？」

「はい」

ジュエルと父親の二人の関係について考えるのをやめたくて、ブレイクは牧場について馬丁頭に訊ねた。

それは何気ない質問だったのだが、先ほどジュエルに投げつけた言葉と同じ答えが返ってきて驚く。ようやくジュエルが父親にねだったという金目当ての証言が得られそうになっているのに、なぜかブレイクは失望してしまった。

そんなブレイクには気づかず、馬丁頭は遠くを指さす。

「この放牧場に沿って続く並木道を進めば、ジュエル様のご実家ですから、以前のように大きく迂回《うかい》しなくてもよくなり、ご実家にお戻りになるときにかなりの時間短縮になっているようです」

「そうか……」

馬丁頭に説明されて、ブレイクはジュエルの実家のことを考えた。

今は弟のことも領地のことも誰《だれ》かに任せているようだが、当時はジュエルが代理で管理していたのだから、頻繁に帰らなければならなかったのだろう。

そのためにはここを抜けて行くのが一番の近道だが、以前のように森だったなら危険も多かったはずだ。

一応の道はあったが、木々が生い茂った森は日中でも薄暗い場所が多く、繁殖期に狂暴化した動物だけでなく密猟者がいないとも限らなかった。

それなのにブレイクはジュエルのことも考えずに「気に入っていた狩猟場」などと発言して、嫉妬《しっと》のあまり父親を責めて貶《おとし》めたのだ。

「今はそれほどでもありませんが、以前はよくご実家にお戻りでしたからね。弟君のためにもご実家のことは気にかけていらっしゃったようです」

「だろうな」

言葉少なく答えていたブレイクは、そこで違和感を覚えた。

弟はすぐに街の寄宿学校に入れたわけではないようだが、それならなぜ侯爵邸で一緒に住まなかったのだろう、と。

「まあ、ご実家のほうはハンソン夫人がかなり手伝っていたようでしたからね」

「ああ、なるほど」

ハンソン夫人はブレイクも知っているジュエルたちの隣人である。

小作人でもあり、よく収穫物を土地代として納めていたようだった。

その夫人が弟の面倒を見ていたのかと納得しかけて、どうにも引っかかった。

あの頃のジュエルが、いくら親しい隣人だからといって、弟の世話を他人に任せるだろうか。

やはり父親との結婚には何か理由があったのではないかと、ブレイクは感じた。——そう思いたいだけなのかもしれないが。

ジュエルとは偏見を捨てて、一度きちんと話をしたほうがいい。

屋敷へと戻りながら反省したブレイクは、ジュエルが子どもの頃に好きだった花を見つけて名案を思いついた。

この花を渡せば謝るきっかけくらいにはなるだろうと考えたのだ。

そして小さな花束を持って屋敷に戻ったとき、ちょうど手紙が届けられたところだった。

ルトールを通さず受け取ったブレイクは差出人を確認すると、そのまま書斎に入って花束を置き封を開けた。

急ぎでないのはわかっていたが、なぜか考えるよりも先に行動していたのだ。

そのまま手紙を読んだブレイクは湧き上がる怒りのままに机に置いた花束を勢いよく手で払った。

手紙は侯爵家の管財人からで、屋敷に戻った当初に侯爵家の過去五年の財産の動きを報告してくれるよう依頼したその返事だったのだ。

やはりジュエルは金目当てだった。

突きつけられた証拠に、ブレイクは裏切られたような最悪の気分で、ジュエルの部屋へと乗り込んだ。

「ジュエル！」

「侯爵様？　いったい――」

突然の出来事に驚いたジュエルだったが、ブレイクのあまりの形相《ぎょうそう》に息をのんだ。

ブレイクは気持ちを落ち着けようとしているのか、何度も深呼吸している。

「ブレイク、いったい何が――」

「先ほど届いた管財人からの報告書を読んだ。やはり君は金目当てだったんだな。君と父との結婚前に大金が引き出されていた。それだけじゃない、それから何度も何度も！　三年にわたり何度もまとまった金が引き出されているんだ！　全部君のためだろう!?」

「それは……ええ、そうよ」

ブレイクは怒りを抑えようとしているようだったが、事実を口にするたびに堪《た》えきれなかったようだ。

次第に大声になり、激しく問い詰める。

だが、ジュエルは言い逃れをすることもなく、冷静に肯定した。

それがさらにブレイクの怒りを煽《あお》ったのか、握り締めた拳《こぶし》を扉へと叩《たた》きつけた。

「ブレイク！　怪我《けが》をしてしまうわ！」

「放っておいてくれ！　今さら殊勝なふりをしたって、騙されないからな！」

「……私ははじめから一度もあなたの言う『金目当て』を否定したことはなかったわ」

「何を今さら！　開き直るのか⁉」

「そうじゃないわ。ただ……」

どう説明すればいいのかわからず、ジュエルは言葉を詰まらせた。

そんなジュエルにブレイクはさらに言い放つ。

「どんなに言い繕おうが事実は変わらない！　君は父を誑《たぶら》かし金を引き出した最低の悪女だな！」

そう言い残してブレイクは部屋から飛び出すように出ていき、部屋に残されたジュエルは呆然《ぼうぜん》と立ち尽くすだけだった。


ブレイクは勢いよく自室に入り、窓枠へと手をついてのどかな風景を眺めて心を落ち着かせようとした。

使用人たちのように、危うく自分まで騙されかけていたことに腹が立つ。

そこに、ノックの音が響いた。

「誰だ？」

「ブレイク様、私――ルトールでございます」

誰何《すいか》に答えたのは執事のルトールで、ブレイクは苛立ちを抑えて入るように促した。

「ルトール？　どうかしたのか？」

「本来ならどれほど無礼なことかは承知しておりますが……先ほどの奥様との会話を耳にしてしまいまして、どうしてもブレイク様に申し上げたいことがあります」

「何だ？　お前も彼女に入れ込んでいる一人なのか？」

「奥様は……とても素晴らしい方でございます」

ルトールの言葉に、ブレイクはふんっと鼻を鳴らした。

しかし、ルトールは幼い頃に悪戯《いたずら》をしたブレイクを責めるときのような厳しい眼差しを向けた。

目をしっかり合わせるなど使用人としてはあり得ない態度である。

「これから申し上げることは旦那様に――先代侯爵様に決して口外しないようにと命じられていたことでございます」

忠実なルトールの驚くべき発言に興味を引かれ、ブレイクはようやく真剣に捉えた。

そこで、お互い立ったままでする話ではないと判断し、ソファへと座ってルトールにも勧めたが、断られてしまった。

やはりそこは執事として、主人と同席するべきではないと考えているようだ。

「――お前が父の命令に背くとは珍しいな」

「私の忠誠心に嘘《うそ》偽《いつわ》りはございません。ですが今の状況は先代侯爵様も望んではいらっしゃらなかったと思います」

「そうか？　ちょっと考えればわかることだろう？」

「ブレイク様がここまで頑《かたく》なになられるとは思っていらっしゃらなかったのでしょう」

その言い方に、ブレイクはむっとした。

まるで今のブレイクが幼稚な言動をしていると言っているようなものだ。

ブレイクはそこではっとして、誤魔化すように一つ咳《せき》払《ばら》いをした。

「それで、いったい何を言うなと命じられたんだ？」

「……先代侯爵様と奥様がご結婚なさった本当の理由でございます」

「本当の理由？」

「はい。お二人のご結婚は表向きだけのもの――契約結婚だったのです」

「契約……」

表向きだけだったと聞いてほっとしている自分にブレイクは気づいた。

やはりどうしてもあの二人の結婚を認めたくなかったのだ。

自分からジュエルとも疎遠になっておきながら、動揺し、腹を立て、罵倒し、今もなお彼女に冷たく当たっている。

認めたくない。

自分の過《あやま》ちを認めてしまうと、後悔の波にのまれて溺《おぼ》れてしまう。

それでも向き合うべきなのだろうと、ブレイクは一度大きく深呼吸をしてからルトールを見つめ返した。

「どういうことか、きちんと説明してくれ」

「――かしこまりました」

ブレイクの覚悟を察したように、ルトールは深く頭を下げてから説明を始めた。

その表情は当時を思い出すようにどこか遠くを見ているようだ。

「奥様は当時、長患《ながわずら》いされていたお母君を亡くされてかなり気落ちされていらしたようです。それでもお母君の高額な薬代のための借金は残っており、街の仕立屋に働きに出ていらっしゃいました。そのため、弟君も畑仕事や家事などを進んで手伝っていらっしゃったようです」

「そうだな……」

ジュエルからの手紙には母親の病気のことよりも、幼い弟のことがよく書いてあったなとブレイクは思い出した。

おそらく暗い話題よりも明るい話題をあえて選んで書いていたのだろう。

それを知っていながら、ブレイクは何もしなかった。せめてわだかまりを捨てて、父親にジュエルたちを助けてくれるよう頼むことはできたのに。

「以前、奥様がお話しくださったことがございます。無事に借金の返済を終えたら弟君を街の学校へ入れて勉強してもらうつもりだった、と」

「つもりだった……？」

過去形であることにブレイクの背中に嫌な汗が流れる。

だがいくら疎遠になっていたとしても、もし何かあれば噂《うわさ》くらいは耳にしたはずだと思い直す。

「五年前のある日、弟君は足に大怪我を負ってしまわれたのです。一時は命も危ぶまれたほどで……。幸いにして一命はとりとめましたが、このままでは一生歩けなくなるだろうと診断がくだされました」

「そんな……」

「ですが、王都で手術を受ければ再び歩ける可能性があると告げられ、奥様は旦那様に援助してくださるようにお願いされたのです」

「それでは、やはり父が借金の形《かた》に結婚を迫ったということか？」

今になって明かされる事実にブレイクは衝撃を受けていた。

当時のジュエルの苦労を思い、ただ遊び惚《ほう》けていた自分が情けなく、それほど大変なときでさえ何の力にもなれなかったことに自責の念で押しつぶされそうになった。

その分、父への怒りが湧き上がる。

「先ほども申しましたように、この結婚は見せかけだったのです。正確には初めは〝ふり〟のつもりでいらしたようです」

「どちらにしろ、金を出す条件に結婚を迫ったということだろう？」

「……旦那様は――先代侯爵様はブレイク様を驚かせ、懲《こ》らしめたかったようです。ジュエル様と結婚なさると知らせれば、ブレイク様は反対するためにお戻りになるだろう、と。そこまでの計画は上《う》手《ま》くいきました。ただお二人とも――いえ、ジュエル様までもお怒りになるあまり正常な判断力を失くされたようでした。結局、ご結婚されてしまったのですから」

「では……本当なら結婚などするつもりはなかったと？　私があれほどの怒りに我を忘れていなければ……」

「無礼を承知で申し上げますが、あのときはお三方とも正気を失っておられました。私は――私たちには箝口令《かんこうれい》が敷かれておりましたから、もどかしくも何もできず……。ですが、あのとき私が命令に背いてでもお止めするべきだったのです。おそらく旦那様のお怒りも一時《いっとき》だったはずなのですから」

　そこまで告げてから、ルトールは一度口をつぐんだ。

　後悔に打ちひしがれるブレイクを前にしてわずかにためらい、再び話し始める。

「お二人がご結婚された当時はお止めしなかったことを後悔いたしましたが、月日が流れ穏やかにお過ごしになるお二人を拝見していると……特にここ二年ほどはこれでよかったのではないかと思うようになりました。お二人とも本当の親子のようで……。もしブレイク様がいらっしゃれば、と何度も思いました」

「ルトール……」

「奥様がおっしゃっていたことは本当でございます。何度もブレイク様の許《もと》へと遣いをやっておられましたし、その者たちはまだこの屋敷で働いております。お疑いなら、その者たちに直接話を――」

「いや、その必要はない」

領地からの――父やジュエルからの手紙も遣いも取り次がなくていいと王都の屋敷の者たちに命じていたのはブレイク自身なのだ。

父が――キャンモア侯爵が亡くなり、すでに葬儀が終わったことを知ったのは友人が話していたからだった。

今回の遺言状公開を知らせる手紙も、危うく気づかないところだったのだ。

「私は……もうあのときのような後悔はしたくないと、旦那様の――先代侯爵様のご命令に背いてしまいました。どうぞ私を罰してください」

「馬鹿《ばか》なことを言うな。お前を罰することはしないさ。罰を受けるとするなら、愚かな私だろう」

「ブレイク様……」

「ルトール、話してくれてありがとう。たとえ遅くても、知らないままでいるよりよかったよ。私は今でも大人《おとな》げない態度だったからな。彼女への態度も改めるよ」

「……ありがとうございます」

ブレイクは新たに知った事実にまだ心の整理はできていなかったが、どうにか笑みを浮かべて感謝の言葉を述べた。

そんなブレイクにルトールは深く頭を下げて部屋を出ていく。

一人になったブレイクはその場で頭を抱え、自分の数々の愚行を思い出して呻《うめ》いた。

いったいどれだけ残酷な言葉をジュエルに投げつけただろうか。

金目当てだ何だと、ジュエルが否定できるわけがなかったというのに。

今晩、夕食前にジュエルに謝罪しよう。

本当なら今すぐ謝罪したいが、もう少し心の整理がいる。

ジュエルには頭を下げて誠心誠意、謝罪する必要があるのだ。

許しを乞うなどずうずうしすぎてできないが、とにかく謝罪しようとブレイクは決意したのだった。

6

夕食前になって、覚悟を決めたブレイクは食堂へと向かった。

ところが、テーブルに用意されたのは一人分の食器のみ。

ブレイクは慌ててルトールに声をかけた。

「ルトール、ジュエルは……」

ルトールの表情を見て、それ以上は言葉にできなかった。

自分の酷《ひど》い態度がジュエルを傷つけたのは確かで、顔を合わせたくないと思うのも当然なのだ。

ブレイクは一人で食事をとりながら、明日はジュエルも顔を見せてくれるだろうかと考えていた。

本当なら今すぐ部屋まで行きたいが、ジュエルにとっては嫌な思いをさせるだけだろう。

これ以上、ジュエルを追いつめたくない。

結局、ブレイクは食事を残し、眠れない長い夜を過ごすことになった。

翌朝、ほとんど眠れず起き出したブレイクは、朝食の席でジュエルを待った。

しかし、ジュエルは現れず、新聞も記事の内容が頭に入らないまま、何度も繰り返し読むだけ読んだ。

やがて昼食の時間になったが、ジュエルはやはり現れなかった。

いよいよ我慢できなくなったブレイクは、プレム夫人を捜した。

夫人なら何か知っているはずなのだ。

「プレム夫人、ジュエルは部屋で食事をとっているのか？」

「……奥様は昨日から体調を崩されて、お部屋で休んでいらっしゃいます」

「体調を崩した⁉　医者は呼んだのか⁉」

「いいえ、その必要はないと奥様がおっしゃいましたので。お熱も今朝には下がりましたし、しばらくお休みになっていれば――」

「熱があったのか！　それならなぜ――っ！」

ブレイクは今聞いた話に驚き、どうして教えてくれなかったのかと詰《なじ》りそうになって、どうにか抑えた。

そんな資格はブレイクにはない。

「……村で発熱のみの風邪《かぜ》が子どもや年寄りの間で流行《はや》っているようですから、それが感染《うつ》ったのかもしれませんね。それほど感染力はないのか元気な大人《おとな》たちは平気なんですけど、ちょっと弱っていると感染るのでしょう。それなら二、三日で回復するらしいので、もうしばらく様子を見て大丈夫だと思います。ここ最近の奥様は頑張りすぎておられましたから、これを機会にゆっくりなさってほしいですね」

「……そうだな」

「ええ、そうですよ。今までずっと先代様の看病をなさっておいでで、お亡《な》くなりになってからもいろいろな手続きに追われておられましたからね。もちろん、屋敷や領地の管理もされて……。そりゃ、疲れも出ますよ」

責めるようなプレム夫人の言葉に、ブレイクは何も言えなかった。

ただすごすごとその場を後にし、書斎に入ってどすんと長椅子《ながいす》に腰を下ろす。

ブレイクがくだらない意地を張って連絡を無視し、王都で友人たちと遊んでいる間、ジュエルが床《とこ》に臥《ふ》した父親の看病をしてくれていたのだ。

葬儀に呼んでくれなかったと駄々をこねるように詰るだけで、そのときのジュエルがどれだけ大変だったか考えもしなかった。

それだけでなく、散々金目当てだと罵《ののし》り、昨日はついに見当はずれの怒りを爆発させ、ジュエルを怯《おび》えさせてしまったのだ。

ブレイクは自分のあまりの愚かさに息が詰まりそうになり、何度も浅い呼吸を繰り返し長椅子に横になった。

こんな苦しみなど、ジュエルの今までの苦しみに比べれば些末《さまつ》なものだろう。

ブレイクは目を閉じて深く息を吐き、目を開けて、花瓶に生けられた花に気がついた。

その花は昨日ジュエルのために摘み、怒りに任せて床に放ったものだった。

どうやらルトールが生けてくれたらしい。

罪のない花に当たり散らした自分の下劣さを嫌悪したが、今は生き生きとしていることに安堵《あんど》した。

それからブレイクは起き上がると、再び花を摘むために外へと出ていった。

ジュエルの好きな花ならいくつも知っている。

子どもの頃《ころ》に摘むのをよく手伝わされたものだった。

そのことを思い出して一人笑ったブレイクは、わずかに気分が持ち直し、前向きに考えられるようになった。

ジュエルには言葉では尽くせないほど迷惑と苦労をかけてしまったが、これからのやり方次第では取り戻せるはずだ。

（まずは花を贈ろう。それから、ジュエルが回復したら謝罪して、友人に戻れるよう努力しよう）

そう決意したブレイクは、ジュエルと以前のように笑い合える日を願いながら花を摘んだのだった。

◇　◇　◇

「またブレイク様からのお花でございますよ」

「……ありがとう、プレム夫人」

ジュエルはプレム夫人が花瓶に野花を生けるのを見ながらお礼を言った。

すると、プレム夫人は振り返って片眉《かたまゆ》を上げる。

「お礼はブレイク様におっしゃってください。そろそろお部屋から出られたほうが元気になれますよ」

「そうね……」

村で流行っていた風邪が感染ったようだったが、幸いにも熱は一日で下がり、五日も経《た》った今は体もすっかり回復している。

それなのに勇気が出ずに、部屋に引きこもっているのだ。

プレム夫人もさすがに呆《あき》れているのかもしれない。

ブレイクからは毎日朝晩と花が届けられるのだが、タイミングが悪かったせいか自分のせいだと罪悪感を抱いているのだろう。

ジュエルは部屋のあちこちに飾られた花を見て、素直に喜ぶこともできずにため息をついた。

花はジュエルが子どもの頃にブレイクに手伝ってもらってよく摘んだものばかりだった。

覚えてくれていたのは嬉《うれ》しい。だが、気を遣わせてしまったことが申し訳なく情けない。

それでもいつまでも部屋に隠れているわけにもいかず、ジュエルは再びため息をついて立ち上がった。

「今日はさすがに部屋から出るわ。何か手伝うことはある？」

「あら、さっそくお元気になられたようで安心しましたよ。では、そうですね……薬草を摘みに行ってもらえませんか？　熱冷ましが少なくなってきましたので」

「わかったわ」

もうすでに回復していることはバレていたので、プレム夫人は遠慮がない。

熱冷ましの薬草はジュエルが使ってしまったので、自分で補充しろということなのだろう。

ジュエルが笑いながら答えると、プレム夫人は準備があるからと部屋から出ていってしまった。

何か準備がいるような予定があっただろうかと思いながら、ジュエルも着替える。

そしてしばらくしてから薬草を入れるためのカゴを取りに行くと、プレム夫人から代わりにバスケットを持たされた。

「熱冷ましの薬草はまだたくさんありましたから、のんびりとピクニックに行ってらっしゃいな」

「でも……」

「ほらほら、今日は気持ちのいい陽気ですよ」

状況をのみ込めないまま、ジュエルはプレム夫人に押されるように玄関へと向かい、そこでブレイクに出会ってしまった。

ぴたりと足を止めるジュエルに、ブレイクがおそるおそるといった様子で声をかける。

「私も一緒に行ってもいいかな？」

「え……？」

ピクニックに行くことをなぜブレイクが知っているのだと驚き、振り返ったときにはもうプレム夫人はいなかった。

再び前を向くと、ブレイクもピクニックのための敷物などを持っている。

どうやらプレム夫人に謀《はか》られたらしい。

今さら逃げるわけにもいかず、ジュエルは緊張しながら頷《うなず》いた。

「ええ……どうぞ」

「――ありがとう」

その返事にブレイクはほっとして、ジュエルのバスケットも手に持った。

「侯爵様、荷物は私も持つわ」

「ジュエルは病み上がりなんだから、気にしないでいい。大して重くもないから大丈夫」

そう言って進み始めたブレイクはすぐに立ち止まり、ジュエルがやってくるのを待つ。

ジュエルははっとして、急ぎブレイクの後を追った。

それから二人並んで歩いたが、沈黙が続き、ジュエルは気まずい思いをしていた。

何か話さなければと思うのに、話題が思いつかない。

しかし、いきなりブレイクは立ち止まると、ジュエルに向かって頭を下げた。

「すまなかった！」

「……え？」

頭を下げただけでなく、きっぱりと謝罪の言葉を口にしたブレイクに、ジュエルは驚いた。

ブレイクは次期侯爵として育てられたこともあり、謝罪することなどほとんどなかっただろう。

それなのに、ブレイクはまだ頭を下げたまま。

「先日はあまりに酷い態度を取ってしまった。本来ならすぐに謝罪するべきだったが、もたもたしているうちに、君は体調を崩してしまって……それも私のせいだ。本当に申し訳なかった」

「そんな、頭を上げてください。侯爵様がそのように謝罪する必要はありません」

再び謝罪の言葉を口にするブレイクに、ジュエルは慌てた。

しかし、ブレイクはさらに続ける。

「実は、弟さんの怪我《けが》と、父との結婚の本当の理由をルトールから聞いたんだ」

「まさか……」

「あの忠勤なルトールもさすがに私の態度を見過ごせなかったのだろう。父の命令に背いてしまったことを気にしていたが、私は言ってくれてありがたいと思っている。でなければ、私は愚かにも非道な暴言をまた君に浴びせてしまったかもしれないのだから。それに、君の弱みにつけ込んで父が私たちの親子ゲンカに巻き込んでしまったことも謝罪したい。本当に申し訳なかった」

さらに深々と頭を下げるブレイクを、ジュエルは呆然《ぼうぜん》として見ていることしかできなかった。

先代侯爵との結婚理由についてブレイクが知り、こうして謝罪してくることなど考えてもおらず、何を言えばいいのかわからないのだ。

そもそも、あれはジュエルだって悪い。

あのときジュエルだけでも冷静でいれば、せっかくの久しぶりの親子の再会をケンカ別れになどせず、話し合いにできたはずなのだ。

そうすればブレイクはこうしてジュエルと結婚するほどに追い詰められなかっただろう。

「……あれは、私も悪かったのです」

すっかりしおらしくなってしまったブレイクに戸惑いながらも、ジュエルはお互い様だということで終わらせてしまおうとした。

しかし、ブレイクはジュエルの非を認めないかのように、顔を上げて首を横に振った。

それからいきなり話題を変える。

「ジュエル、私は短気だ」

「はい？」

まっすぐに背筋《せすじ》を伸ばして座るブレイクの発言に、ジュエルは何度か瞬《またた》いた。

ブレイクに短気だとの自覚はあったらしいが、突然すぎて意味がわからない。

困惑するジュエルをよそに、ブレイクは続けた。

「私の父も短気だった。それでケンカばかりだったと思う」

「……そうですね」

晩年の先代侯爵はかなり穏やかになってはいたが、たまに新聞記事にブレイクのことが載ると言葉遣いが乱暴になったりしていた。

だがその後に我に返って謝罪してくれたのだ。

当時のジュエルにとっては少々困った時間であったのだが、今となっては懐《なつ》かしい思い出である。

「だが、君と父は上手《うま》くやっていたようだ」

「ええ……」

ブレイクの言い方に、今度は何を言われるのだろうとジュエルは身構えた。

ところが、ブレイクは予想外のことを口にする。

「それなら私とも上手くやっていけるのではないかと思う。今までのことは謝罪したくらいでなかったことにはできないが、それでも私ともう一度やり直してほしい」

「侯爵様……」

「もちろん私を許してくれなくてもいい。ただ私は、もう君とケンカして過ごしたくないんだ。そのためにも挽回できるよう努めると約束する。だからどうか、私とこれからも一緒に過ごしてほしい」

これからブレイクが前向きにやっていこうとしているのだから、ジュエルは受け入れようとした。

それでも、どうしてもその前に解決してしまいたいことがある。

ジュエルは緊張しながらも昔の自分はもっと強かったはずだと言い聞かせ、この五日間ずっと疑問に思っていたことを口にした。

「……あの日、放牧場で侯爵様はなぜ急に気分を変えてしまったの？」

「嫉妬《しっと》したんだ」

「え……？」

勇気を出して問いかけたジュエルだったが、ブレイクの返答に目を丸くした。

そんなジュエルにはかまわず、ブレイクは続ける。

「君は父のことを『旦那《だんな》様』と呼んだだろう？　皆も未《いま》だにそう呼び、慌てて言い直す。当たり前ではあるが、私はまだここではきっと父の息子でしかないのだろう」

「い、いいえ。それは違うわ。ただ、みんなも長年の習慣から……私も不快な思いをさせてしまっていたのね。ごめんなさい」

「いや、ジュエルは悪くないよ。呼び方ひとつで拗《す》ねるなんて、我ながら子どもっぽいよな。それで改めて自分がまだまだ侯爵の地位に――この地の領主として未熟なんだと思い知らされたんだ。それを君に八つ当たりしてしまった」

「でも――」

否定しかけたジュエルを、ブレイクは首を振って遮った。

「完全に私が悪い。あの後、聞いたよ。あの場所を放牧場に決めたのは父で、君の実家までの近道もできたって。昔の私は何度も君の家を訪れていたのに、そんなことにも気づかなかったなんて、本当に愚かだ」

「い、いいえ！　やっぱり私にも言わせて！　本当はもっと早く伝えるべきだったのに！　だ――先代様が放牧場を作られたのは、本当のところは侯爵様に戻ってきてもらいたかったからだと思っているの。侯爵様は馬が好きだったから。でもはっきりそうおっしゃったわけではなく、私の勝手な推測だから伝えるべきか迷ってしまって……だから、侯爵様が褒めてくれて嬉しくて、浮かれてしまって配慮が足りなかったわ」

自分を卑下《ひげ》するブレイクを見ていられなくて、ジュエルは訴えた。

ブレイクが本当は思いやりがあるのを知っている。

そこでジュエルは今さらながら、花のお礼を言っていないことに気づいた。

「あの、遅くなったけれど、お花をありがとう。私の好きなお花を覚えていてくれて嬉しかったわ」

ジュエルが見舞いの花のお礼を言うと、ブレイクはぱっと顔を輝かせた。

「喜んでくれて、よかった。それじゃ、また摘んでくるよ」

まるで子どものように無邪気に言うブレイクに、ジュエルは思わず笑った。

それでもジュエルは首を横に振る。

「その必要はないわ。今でも私の部屋はお花であふれているもの」

「だが、ジュエルは花が好きなんだろう？」

「え、ええ……」

確かに花は好きだが、あの頃あんなに楽しみ喜んでいたのは、ブレイクが遊んでくれていたからだ。

そして摘んだ花を贈ってくれるのが、どれほど嬉しかったか。

家に帰ってからは、その花が枯れないように一生懸命お世話したものだった。

それでも花は枯れてしまう。

次に会えるまでの間、枯れてしまった花を捨てずに置いていたジュエルに、母が押し花にする方法を教えてくれたのだ。

その押し花は今でも大切に取ってある。

「それでは、私が愚かにもまた傲慢《ごうまん》さを出してしまったら、ジュエルは遠慮なく私を怒ってくれ。私は謝罪の代わりに花を贈るから」

ブレイクはどうしてもジュエルに花を贈りたいのか、妥協案を出してきた。

しかし、その内容にジュエルは眉をひそめる。

「その前提はおかしいわ」

「そうかな？」

「そうよ。私は毎晩眠る前に、あなたが花を贈ってきませんようにって祈らないといけなくなるわ」

「じゃあ、普通に贈るよ」

「……何か特別なときだけでいいわ」

「特別なときって？」

「誕生日とか……いろいろよ」

「いろいろか……。わかった、そうするよ」

思わず結婚記念日と言いそうになって、ジュエルは誤魔化《ごまか》した。

すると、ブレイクは少し考えて満足そうに頷く。

そもそも花を贈る必要はないと断っていたはずなのに、とおかしくなってジュエルが笑うと、ブレイクも一緒に笑った。

ずっと、ブレイクは酷い人だと、変わってしまったのだと思っていた。というよりも、そう思っていたかったのだ。

そうでなければ、ジュエルは好きな人に無視され、嫌われてしまったことが耐えられなかったから。

だが、昔と同じ笑顔で花を贈ると言うブレイクは、何も変わっていないように思える。

(好きになってくれなくても、嫌われていないなら、それだけで十分よ。分不相応な夢は見ない。この二年の間を楽しめばいいのよ)

ジュエルは笑顔のまま、心の中で自分に言い聞かせた。

これは契約結婚で、勘違いしないように。二年後に自分はここにいないのだから。

やがて目的の野原に到着すると、今度はジュエルが顔を輝かせた。

ここのところ忙しくて、いつの間にかこの場所の花が満開になっていることに気づかなかったのだ。

「うっかりしていたわ。ここには毎年この景色を見に来ていたのに」

そのことを知っているからこそ、プレム夫人は少々強引にジュエルを送り出したのかもしれない。楽しげに言うジュエルに、ブレイクが得意顔で答える。

「たまには息抜きも必要だからね」

「息抜きはもう十分したわ。五日も休んでしまったんだもの。午後からはまた頑張らないと」

「ジュエルが頑張る必要はないよ。もっと私を頼ってくれ。この五日間、私なりに帳簿付けもやってみたよ。もちろんジードに手伝ってもらいながらだけど」

「……ありがとう」

ジュエルの苦手な帳簿付けまでしてくれたと聞いて、複雑な心境になりながらもお礼を口にした。ブレイクは何事ものみ込みが早く、正直なところジュエルが教えられることはもうほとんどないのだ。

そう考えると、自分の存在意義がないように思えてくる。

しかし、ブレイクはそんなジュエルには気づかず、悪戯《いたずら》っぽく笑った。

「最近はジュエルにとって大変なことばかりだったろう？　だから、もっと息抜きをしないとね。たまにはサボることも必要だろ？」

「……大変だったのは誰《だれ》のせいかしら？　それに、息抜きとサボることは違うわ」

せっかくブレイクが心配してくれたのに、ジュエルは可愛《かわい》くないことを言ってしまった。

腹を立てるだろうかと思い、ちらりとブレイクを見たが、まったく気にしていないらしく声を出して笑っている。

それからブレイクはあたりを見回し、問いかけてきた。

「どこで食べようか……あそこの木の下にする？」

「いいえ、あそこはダメよ。毛虫が落ちてくるから、あちらの木陰にしましょう」

「詳しいね」

「経験済みだから」

この季節は毛虫が多く、場所を選ばないと悲惨な目に遭う。

それでも温かな日差しに気持ちのいい風を感じることができて、ジュエルはこの季節が大好きだった。

「これで完璧？」

「ええ」

ブレイクが用意してくれた敷物の上に座ったジュエルは、ブレイクがバスケットの中身を取り出すのを待った。

「奥様、今日は私に給仕はお任せください」

「お願いするわ」

ワインボトルとグラスを取り出しながら言うブレイクに、ジュエルも澄まして答えた。

こんなふうにふざけ合うのは久しぶりで、二人して笑う。

先ほどから笑ってばかりで、こんなに楽しい時間が持てるなど夢みたいだった。

ブレイクは気持ちを切り替えたようだが、ジュエルはふと我に返り、これが契約でしかないことを思い出した。

「――ジュエル、どうかした？」

「え？　い、いいえ。大丈夫。こうして外でのんびりするのは久しぶりだから、ちょっとぼうっとしてしまったみたい」

ワインを飲みながら、ブレイクと取り留めのない話をして、食べやすいように用意してくれた料理を口へと運ぶ。

幸せを満喫しつつも、これからの二年間を考えていたジュエルは口数が少なくなっていたようだ。

「酔ったのか？」

心配したブレイクがジュエルの顔を覗《のぞ》き込んでくる。

そのタイミングでグラスを置いたジュエルの体が傾き、危うくぶつかりそうになってしまった。

驚いたジュエルは動きを止め、ブレイクもまた動かない。

あと少し、ほんの少し、どちらかが顔を近づけると唇が触れてしまう。

どうしよう――とジュエルが心の中で悲鳴を上げた瞬間、敷物に置いた手に何かが触れた。

はっとしてジュエルがそちらに視線を向けると、手の甲に大きなバッタがいる。

「きゃあっ！」

今度は本当に悲鳴を上げ、ジュエルは手を振り払った。

その手は運悪くブレイクの顔に直撃する。

ブレイクは勢いに仰《の》け反《ぞ》り、危うく倒れるところでどうにか耐えた。

「ジュエル――」

「無理！　バッタ無理！」

「ジュエル、もうバッタはそこにはいないよ」

ブレイクが声をかけると、ジュエルはようやく手を振るのをやめた。

それから何度か瞬いて、はっとする。

「ごめんなさい！　私の手が当たってしまったのね⁉」

「大丈夫。大したことはないから。それよりも、そんなに虫が苦手だったかな？」

「普通の虫は大丈夫なの。でも大きすぎるのはちょっと……」

「そうなんだ。じゃあ、これは逃がしたほうがいいな」

そう言って、ブレイクは捕まえていた先ほどのバッタを見せた。

バッタはジュエルに腹を見せた状態で逃れようと足をバタバタしている。

「きゃあっ！」

再び悲鳴を上げたジュエルは、考えるよりも先にバッタを掴《つか》んでいたブレイクの腕を思いっきり叩《たた》いた。

するとバッタが勢いよく飛んでいく。

「もうっ信じられない！」

さすがに意地が悪すぎたと思ったブレイクだったが、謝罪する間もなかった。

ジュエルは慌てて立ち上がると走り去っていく。

「ジュエル！」

ブレイクが呼ぶ声が聞こえたが、ジュエルは止まらなかった。

大きい虫が嫌いと伝えたばかりなのに、そのバッタを見せるなんてどう考えてもブレイクが悪い。

慌てて追いかけてくる気配を感じ、ジュエルは怒りのままに振り返った。

「ついてこないで！」

「しかし……」

「バスケットを忘れているわ」

放ったままの敷物やバスケットをジュエルが指さすと、ブレイクはわずかにためらったが、バスケットを取りに戻った。

ジュエルも手伝いに戻ろうとしたが、すぐに思い直した。

（だって、あのままだったら私たち……）

キスしていたかもしれない。

そう思うと恥ずかしくなって、ブレイクとどんな態度で接すればいいのかわからなかったのだ。

それならこのまま怒ったふりを続けたほうが簡単だった。

（そういえば、昔もこんなことがあったような……）

ジュエルは一人で屋敷まで歩きながら、ふと昔のことを思い出した。

ブレイクと遊んでいたとき、大きなカマキリを見せられ、びっくりしたジュエルは泣いてしまったことがあったのだ。

それからジュエルは大きな虫が苦手になったような気がする。

（そもそもの原因はブレイクじゃない！）

あのときの分も怒りが湧き上がってきたジュエルは、なぜか笑いまで込み上げてきた。

要するに、ブレイクは子どもの頃から変わっていないのだ。

そう考えると、昔もいろいろと意地悪された記憶がよみがえってきた。

どうやら今までは思い出補正がかかっていたらしい。

それでも、あの頃の好きな気持ちは変わらなかった。

（それに今も……）

結局、どんなに意地悪されても、ジュエルはブレイクのことが好きなのだ。

ブレイクと一緒にいるととても楽しく、意地悪以上に優しくしてもらったから。

ジュエルは足下で揺れるマーガレットを見つめた。

ブレイクは意地悪で頑固《がんこ》で短気で、優しくて不器用でジュエルの心をかき乱す。

いつの間にか恋から愛へと変わっていたブレイクへの気持ちはもう誤魔化しようがない。

だが、誰にも悟られるわけにはいかなかった。

もし知られてしまったら、ブレイクは困ってしまうだろう。

ひょっとして意地悪もされなくなって、ただ気を遣われるだけになってしまう。

そんな他人のような関係にはもう戻りたくなかった。

7

ジュエルが屋敷に一人で戻ったとき、玄関前に馬車が止まっていることに気づいた。

今日は来客予定はなかったはずだが、何かあったのかもしれないと急ぐ。

そして玄関前でルトールと話をしている人物を目にして、ジュエルははっと足を止めた。

そんなジュエルの気配に、ルトールと訪問者が振り返る。

「奥様――」

「まあ！　あなたがブレイクの奥様なのね！　やだ、びっくりしたわ。でもお変わりないようで安心したわ」

艶然《えんぜん》と微笑《ほほえ》みながら言う訪問者は、七年前にブレイクと一緒にいた女性だった。

そのときと同じように、ジュエルを上から下からとじっくり見て、馬鹿《ばか》にしたように笑みを深める。

いつもはもう少し身綺麗《みぎれい》にしているのだが、タイミングが悪すぎた。

だが、ジュエルは胸を張って女主人らしく微笑んだ。

「お名前をお伺いしてもよろしいでしょうか？　今日は来客の予定はなかったと思っておりましたが、失念していたのかしら」

「……マチルダ・リントンよ。ブレイクから手紙をもらって、急いで駆けつけたの。聞いていなかったなんて、驚きだわ。それで、ブレイクは？」

　あなたのことなど覚えていませんとばかりにジュエルが名前を訊《き》けば、マチルダはむっとしたようだ。

　しかし、ジュエルの優勢もそこまでで、マチルダの言葉に驚きを隠せなかった。

「ブレイクがあなたを招待したの？」

　その問いに、マチルダはにいっと笑っただけ。

（どうして？　なぜブレイクは彼女をここへ招待したの？）

　マチルダは肯定も否定もしなかったが、ジュエルはショックを受けていたため気づかなかった。

　そこに、遅れて戻ってきたブレイクの声が割り込む。

「マチルダ？　いったい――」

「まあ、ブレイク！　元気そうでよかったわ！　手紙を読んで急いでやってきたのよ！」

　マチルダはブレイクの姿を認めると、一目散に駆け寄り抱きしめた。

　そして挨拶《あいさつ》とばかりに勢いよく両頬《ほお》にキスをする。

　その様子をジュエルは呆気《あっけ》にとられて見ていた。

　噂《うわさ》ではマチルダは高級娼婦《しょうふ》とのことだったが、今もまだブレイクと続いていることは新聞記事から知っている。

　あの当時とほとんど変わらない美しい姿のマチルダは、妖艶《ようえん》という言葉がぴったりだった。

（妖婦《ようふ》っていうのは、こういう人を言うのでしょうね……）

二人を見ていると胸がズキリと痛む。

（これほどに華やかな女性に見慣れているのなら、私が野暮《やぼ》ったい田舎《いなか》娘にしか見えないのは当然だわ）

公《おおやけ》にはしていないが、ジュエルは何度か王都に行ったことがある。

セネットの様子を見に行きがてら観光しておいでと、先代侯爵が送り出してくれていたのだ。

そのときには王都にある侯爵家の屋敷でブレイクと鉢合わせして気まずい思いをしないようにと、別の屋敷まで用意してくれて。

だから茶会や夜会に出席していなくても、王都の美しい女性たちのことは知っていた。

ジュエルは隠れてしまいたい衝動を抑え、どうにか女主人としての威厳を出すために背筋《せすじ》を伸ばした。

「侯爵様、お客様を招待されたなら先におっしゃってくださらないと困りますわ」

ブレイクは両手に荷物を――右手には先ほど摘んだばかりのマーガレットの花を、左手にはバスケットを持っていたばかりに、マチルダから逃れることはできなかった。

何より、ここにマチルダが現れていることに驚いていた。

「マチルダ、どうして――」

「まあ！　可愛《かわい》らしいお花ね！　まさかあなたが摘んだの？」

「あ、ああ……」

「ひょっとして、私への歓迎のつもり？」

「違う。これはジュエルへ贈る花だ」

どうしてここにいるのかと問いかけようとしたブレイクの言葉を遮って、マチルダは感激したように声を上げた。

しかもずうずうしくも、自分へのプレゼントかとまで言い出したが、ブレイクはきっぱり否定した。

そしてジュエルへと花を差し出す。

「ジュエル、その……すまない」

「いいえ。お気になさらないでください」

ジュエルはブレイクからの花を受け取りながら、これは何に対する謝罪だろうと思った。

先ほどの悪戯《いたずら》なのか、それともマチルダを――愛人を屋敷へと呼び寄せたことか。

それでも、マチルダの前で花を受け取ることは嬉《うれ》しかった。

ところが、そんな気持ちにさえもマチルダは水を差す。

「あら、ブレイク。女性に花を贈るのに、その辺に咲いている花だなんて失礼だわ。私によく贈ってくれたようなバラやユリの花じゃないと」

「……リントンさんは、侯爵様とずいぶん親しいのですね」

「ええ、もう七年も友情は続いているわ。奥様もどうか私のことはマチルダとお呼びくださいな」

ジュエルはマチルダに苛立《いらだ》ちながらも、戸惑っているルトールに気づいて、ひとまずこの場を収めようと口を開いた。

「それでは、マチルダ。このように長閑《のどか》な場所では大したもてなしはできませんが……お泊まりになりますか？」

「いや――」

「ええ、ぜひ！　ありがとうございます」

女主人としての礼儀での問いに、飛びついたのはマチルダだった。

たとえジュエルが田舎者でも、マチルダが言う『友情』の意味がわからないほど世間知らずではない。

急にブレイクが謝罪してきたばかりか優しくしてくれたのは、このためだったのかもしれないとさえ思えてくる。

「私はお部屋の用意をしてきますので、マチルダは居間へどうぞ。侯爵様とは積もるお話もあるでしょうから」

そう言い残して、ジュエルはさっさと屋敷の中へ姿を消した。

その後ろ姿を見送るブレイクの腕にマチルダが腕を絡《から》める。

「新聞記事を読んだわ。それで、何がどうなっているのか教えてちょうだい」

マチルダは誰《だれ》にも聞こえないようにブレイクの耳へと唇を近づけて囁《ささや》いた。

そんな二人の様子を階段上からちらりと見たジュエルは、二人の関係について考えないようにした。

◇　◇　◇

「ここは以前とちっとも変わっていないのね。でもしっかり手入れされているわ」

まるで女主人のような言い方にルトールはむっとしたようだが、顔には出さなかった。

ブレイクはまたジュエルが他人行儀な態度に戻ったことに気を取られ、マチルダの厚かましい言動に気づかなかった。

そして居間に入ると、ようやくマチルダに意識を向ける。

「マチルダ、新聞ではなく、私からの手紙は読まなかったのか？」

「手紙？　さあ、届いていないけど、送ってくれたの？」

「そうか……」

ブレイクは長年の友人であり、あの七年前の日からずっと愛人のふりをしてくれていたマチルダに、ジュエルとの結婚後すぐに手紙を書いたのだ。

たとえこれが契約結婚だったとしても、世間から愛人だと思われている状態の女性と付き合うのはブレイクの道義に反する。

そこで、もう愛人の必要はないが長年の友情には感謝していると書いて送ったのだ。

これまでの友情に報いるための謝礼も多めに用意して。

だが受け取っていないなら、改めて伝えなければならない。

そう考えていたブレイクにマチルダが呆《あき》れたように言う。

「それで、遺産を手に入れにきて、なぜ花嫁まで手に入れることになったの？　しかもお父様のお下がりなんて――」

「言葉が過ぎるぞ、マチルダ」

「――ごめんなさい。あまりにも驚いたものだから。許してくれるわよね、ブレイク？」

傲慢《ごうまん》な態度から一変して、マチルダは猫なで声でブレイクに謝罪した。

マチルダが女王様気取りで傲慢なのはいつものことなのに今回は笑って流せず、ブレイクは許しの言葉の代わりに質問した。

「そもそも君は何をしにここへ来たんだ？　連絡もなしに訪ねてくるなど、礼儀に反するだろう？」

「私こそ手紙を送ったわ。でも返事がないから何かあったのかと心配して、居ても立ってもいられなくなって来てしまったのよ。だって、花嫁候補を集めてあなたを無理やり結婚させようとしたお父様のことだもの。今度の結婚だって遺言にかかわることなんでしょう？」

もっともらしく心配して言うマチルダを見て、ブレイクはため息をついた。

長年の友人であるマチルダにはいろいろとお見通しらしい。

あの芝居にも付き合ってもらったうえに、今回は遺言状公開のために帰ったことも知っているのだから隠しても無駄だろうとブレイクは判断した。

「ありがとう、マチルダ。しかし、今回は君の出番はないよ。父の遺言は、私が全財産を相続するには彼女と——ジュエルと結婚すること、というものだったんだ」

遺言に二年間一緒に過ごすこと、さもなければジュエルに全財産が譲られることなどは言わなかった。

そこまでの説明は必要ないと思ったのだ。

「それで、あなたは馬鹿正直に彼女と結婚したわけ？」

「別に問題はないだろう？　彼女も協力してくれているんだから。それに妻がいれば、もう結婚を望む娘やその母親たちに悩まされることもない」

ブレイクがあえて軽薄な言い方をしたのは、自覚したばかりの気持ちをジュエルよりも先に他人の——マチルダに伝える必要はないと思ったからだった。


マチルダは、ブレイクの意図に気づいて衝撃を受けていた。

やはりあの手紙は本気なのだ、と。

ブレイクに問われたときは知らないふりをしたが、別れの手紙はちゃんと受け取っていた。

だからこそ、慌ててこの地へやってきたのだ。

新聞記事については驚いたが何かの間違いだと思っていたため、別れの言葉と謝礼について代理人に任せているという内容は信じられなかった。

もちろん、ブレイクが七年前からあの田舎娘を好きなことには気づいていた。

ブレイクはずっとマチルダに愛人のふりをさせるだけで、手を出してくることは一度もなかったというのに。

マチルダは二人の仲を本気で望んでいたが、プライドから愛を乞《こ》うこともできず、きっといつかは私の価値に気づくはずと信じていた。

だが、このままではキャンモア卿に捨てられた女、と笑いものになってしまう。

そんなことはプライドが許さない。

七年前、この地に初めて愛人役として訪れたとき、ブレイクはもうすぐ屋敷だと言いながらもずいぶんもたもた進んだ。

そのときは屋敷に帰りたくないからだろうなんて、ブレイクの友人たちと——その中の一人がマチルダの本当の愛人だったが——からかったりした。

ところが、彼女を見つけると道を逸《そ》れ、わざわざ声をかけにいったのだ。

あのときはまだ彼の初恋相手のようなものだろうと考えつつも、あんな田舎娘に負けるのが屈辱だった。

そのため、王都に戻ってからはブレイクの屋敷の従僕に手を回し、ジュエルからの手紙を抜き取るように指示したのだ。

幸い、ブレイクは執事から差し出された手紙――特に領地からのものはすぐに目を通さないらしい。

そのおかげで、ジュエルからとても面白《おもしろ》い内容の手紙を盗み取ったこともあった。

そしてなんとジュエルは、手紙をブレイクに送ってからすぐのちに、ブレイクの父親と結婚したのだ。

父親が再婚するとの知らせに普段は少々では動じないブレイクが激怒した。

再婚を阻止することもできず領地から帰ってきたブレイクはしばらく荒れていたほどだ。

それからマチルダはたまたま王都であの娘を見かけ、ブレイクに報告した。――ずいぶん派手に楽しんでいるようだった、と。

そのときのブレイクの反応に味をしめ、マチルダは同情するように何度も嘘《うそ》を吹き込んだ。

結婚後のあの娘からの手紙には、ブレイクに対する想いなどは何もなく、ただ父親のために帰ってきてほしいとあった。

それでもマチルダは手紙を隠し続け、侯爵が早く亡《な》くなることを願っていた。

そうすればきっと、ブレイクは怒りと悲しみからあの娘を屋敷から追い出すだろうと。

（それなのにまさか、こんな遺言を残すなんて、あのジジイ……！）

侯爵が亡くなったとブレイクが知ったのは葬儀が終わってからだった。

それまではマチルダが必死に隠したのだ。

先代キャンモア侯爵は領地に引っ込んでから長く、ひっそり暮らしていたので亡くなったときもそれほど騒ぎにはならなかった。

おかげで作戦は上手《うま》くいき、ついに遺言状公開を知らせる手紙を受け取ったとき、マチルダは渾身《こんしん》の演技でもってブレイクに知らせた。

間違えて開封して中身を読んでしまった。これを機会に郷里に帰ってはどうか、と。

同情と心配を滲《にじ》ませたマチルダの言葉に、ブレイクは素直に従った。

これできっと、ブレイクはマチルダとの結婚を考えてくれるはずだ。

結婚に反対する父親はもうおらず、ブレイクが侯爵となったのだから、彼に意見できる者などそうそういない。

そう思っていたマチルダはブレイクの結婚の記事が信じられず、手紙が届いて怒りのあまり目まいを覚えたほどだった。

これでは今までの苦労が水の泡である。

他《ほか》の愛人とは隠れて会い、物わかりのいい友人のふりをしてずっとブレイクの傍《そば》にいたのは侯爵夫人の座を手に入れるためだった。ましてや、マチルダの容姿はもう衰えていくいっぽうなのだ。

（絶対に、この結婚は壊してやるわ！）

マチルダは固く決意して、カップをテーブルに戻した。

それからいつものふわりとした微笑みを浮かべる。

「ねえ、ブレイク。せっかくだから、しばらく滞在させてもらうわね？」

「いや。悪いがすぐにでも帰ってくれ」

「あら、でも奥様はしばらく滞在してくださいって、おっしゃってくださったわ」

「……本当に？」

「ええ。だから少しだけよ、ブレイク。ここは思い出の地だもの。それとも……長年続いた私たちの関係は壊れてしまうの？」

「いや……」

「よかった！」

嬉しそうな笑みを浮かべ、ブレイクに抱きついて大げさに頬へキスをする。

ブレイクはいきなりマチルダに抱きつかれキスされたことに驚き何も気づいていない。

今、ジュエルが扉を開けて小さく顔を覗《のぞ》かせたことも、すぐに踵《きびす》を返したことも。

キスをしたのは見せつけるためと、両手でブレイクの耳をふさいで足音が聞こえないようにするためだった。

足音からおそらくジュエルが近づいてきているだろうことは、ブレイクより先に気づいた。

だから誤解されるような言葉を少々ヒステリックに大きな声で告げたのだ。

（男って、本当に馬鹿ね）

マチルダは上手くジュエルを遠ざけたことに喜びを感じていた。

だがすぐにブレイクが迷惑そうに引き離す。

「マチルダ、こういうことはやめてくれ」

「どうして？　深い意味はないわよ？」

「君にとってはそうかもしれないが、もう演技は必要ないんだ」

「……わかったわ」

了承しながらもマチルダは不満だらけだった。

それでも二人の結婚を壊す機会はまたある。

マチルダはほくそ笑みながら、家政婦の案内でしばらく滞在することになる来客用の部屋に入ったのだった。

8

「――こんにちは」

「……こんにちは、マチルダ」

庭で花殻を摘んでいたジュエルにマチルダが近づいて声をかけてきた。

庭仕事用の服装のジュエルと、完璧に装い日傘を持ったマチルダはあまりにも対照的で、まるで使用人と女主人のようだ。

先ほどの昼食では少しでもブレイクに綺麗《きれい》だと思われたくて、着替えたのが馬鹿《ばか》みたいだった。

「お部屋はあれでよかったかしら？」

「そうね。難点を言えば、ブレイクの部屋から少し遠いってことかしら。でも別にかまわないわ。ありがとう」

「……どういたしまして」

それでも女主人として怯《ひる》むまいと、立ち上がったジュエルは精いっぱい背筋《せすじ》を伸ばして問いかけた。

すると返ってきたのは意味深な言葉だった。

「……いつまで滞在の予定かしら？」

「さあ、それはブレイクに聞いてくださらないと。彼もいくら遺言とはいえ、まさか望んでもいない相手と結婚することになるなんて思っていなかったから、気晴らしは必要でしょう？」

「そうですね。ではまた、夕食の席で」

「ええ、ご招待ありがとう」

仕方なく女主人として求められる対応をしただけで、本当は今すぐ出ていってほしいと言いたかった。

昨日のピクニックはジュエルにとって宝物のような時間だったが、ブレイクは違ったらしい。

マチルダを呼び寄せるための、ご機嫌取りのようなものだったのだろう。

昨日のブレイクとマチルダとのキスを見て、自分がいかに愚かだったかを改めて思い知らされた。

（なによ、逢引《あいびき》ならせめて外でやってよね！）

屋敷に仕える者たちは皆、ジュエルを女主人として敬ってくれる。

しかし、ブレイクが王都から愛人を呼び寄せ、屋敷に滞在させていることはすぐに広まるだろう。

そしてまた新聞に書き立てられるのだ。

「さしずめ『本妻と愛人との闘い』とか『男を翻弄《ほんろう》する美女マチルダ、妖婦《ようふ》ジュエルより恋人を取り戻す！』とかかしらね」

マチルダの名前はブレイクと一緒に載っていることが多くよく知っていた。

新聞を毎日読み始めたのは先代侯爵と結婚した五年前からだが、ブレイクの醜聞《スキャンダル》が報道されるたびに親切にも過去のことまで教えてくれたのだ。

まさか七年前のあの女性とは思っていなかったが、二人が仲良く過ごす姿はたびたび目撃されていたらしい。

記事によっては『身分差を超えた愛』などと書かれているものもあった。

マチルダが上流階級の出身だったのなら、ブレイクは父親の反対を押し切ってでも結婚したのではないか、と。

（邪魔者は完全に私ね……）

もしこの契約結婚の二年が過ぎたら、ブレイクは良家出身の女性ではなく、マチルダと再婚するのかもしれない。

もう反対できる者はいないのだから。

ジュエルは庭仕事を終えて部屋へと帰ろうと手袋を外しながら、温室のガラスに映っている自分の姿にふっと目がいった。

先ほどのマチルダの美しい姿とあまりにも違い、笑えてくる。

知らずに期待した自分が馬鹿だった。

ほんの少し、夢から覚めるのが早かっただけなのだ。

◇　◇　◇

「――ブレイク、少しいいかしら？」

「……ああ、かまわない」

ブレイクが書斎で過去の父の仕事に目を通していたとき、ノックの音とともにマチルダの声がした。

入室を許可すると、マチルダは戸惑いの表情を浮かべて入ってくる。

「どうかしたのか？」

「それが……先ほど奥様とお話をしたのだけれど……ほら、突然の訪問だったし、まだちゃんとお部屋のお礼を言えてなかったから」

「――それで？」

ブレイクは帳面にしおりを挟んで閉じた。

さすがにジュエルも怒っているのだろうかと考えながらマチルダに先を促す。

「その、奥様はやっぱりしばらく滞在してほしいって。今日から夕食もぜひ同席してくださいっておっしゃったの。本当にいいのかしら？」

「ジュエルがそう言ったのか？」

「ええ、そうよ。奥様はひょっとして、内実はどうあれ世間での私たちの噂《うわさ》をご存じないのかしら……」

「いや……」

それはさすがにないことはブレイクも知っていた。

新聞には毎日目を通していると話していたのだから。

ここ最近も――父が亡《な》くなったことを知って、前後不覚になるほどに酒を飲み、マチルダを住まわせている屋敷で数日過ごしていたことが報じられたばかりだ。

（ジュエルは私とマチルダのことなど気にしないのか……？）

その考えに至り、ブレイクは密《ひそ》かにショックを受けた。

そこにマチルダの声が割り込んだ。

「ねえ、ブレイク。奥様は突然あなたと結婚したことで困っているのかもしれないわね。だから気詰まりを解消するために、第三者である私を必要としているのかも」

「困っている？」

「あら、だってそうでしょう？　もし奥様が今回のことを知らなかったのなら、いきなり好きでもない男性と結婚させられたのよ？　困るどころか、恐怖を感じてもおかしくはないわ。奥様はほら……ずっとこの田舎《いなか》に住んでいらしたんだから、男性に免疫だってそれほどないでしょう？」

「なるほど……」

適当に答えながら、ブレイクは昨日のピクニックでのジュエルの笑顔を思い出していた。

（あのとき、あのままキスしていれば……）

ジュエルはどんな反応をしただろうかと考えずにはいられなかった。

しかも、まるで昔に戻ったようで楽しくなったブレイクは、つい調子に乗ってしまったのだ。

悪戯《いたずら》心からバッタを捕まえて、ジュエルに見せたのは失敗だった。

あれから事態はまた悪いほうへと進んでしまっている。

「――ねえ、ブレイク。聞いている？」

「え？　ああ、すまない。もう一度言ってくれないか」

ぼんやりしていたブレイクは、苛立《いらだ》ったマチルダの声で我に返った。

マチルダは少し拗《す》ねたように唇を尖《とが》らせ、それから妖艶《ようえん》な笑みを浮かべる。

この姿に男性たちはついマチルダの我《わ》が儘《まま》を聞いてしまうようだ。

「もう、ブレイクったら。仕方のない人ね。だから、奥様の前で私とあなたが親密に振る舞えばいいと思うの」

「いや、その必要はないよ。もう姑息《こそく》な手を使うことはしない。ジュエルに――妻にはちゃんと向き合うつもりだ」

「そう……」

まさか断られるとは思っていなかったマチルダは、怒りを抑えるためにカーテンをぎりりと握った。

その強さでカーテンを留めていたタッセルが外れる。

そのままブレイクの座っている椅子《いす》の肘掛《ひじか》けに腰を下ろした。

「マチルダ？」

ブレイクは突然のマチルダの行動を警戒しているようだ。

そんなブレイクを無視して、マチルダはカーテンをさっと引いた。

その動きで外にいるジュエルの注意を引き、ブレイクの頬《ほお》に口づけようとする。

しかし、ブレイクに三度目は通用しなかった。

さっと避けられてしまったが、それが幸いしてジュエルからは唇にキスしているように見えただろう。

ジュエルは軽く目を細め、はっとして目を逸《そ》らし、急ぎ踵《きびす》を返していった。

その様子に大きな背もたれの陰にいるブレイクは気づいていない。

ひとまずマチルダは満足してブレイクから離れた。

「やめてくれと言っただろう、マチルダ。もう演技の必要はないんだ。今までの友情を壊さないでくれ。もしまたこんなことをするつもりなら、ジュエルがどう思おうとすぐに出ていってもらう」

「その言い方は少し野暮《やぼ》ね。これは今までの感謝の気持ちだったのに。あとは応援ね」

「応援してくれるのはありがたいが、こういうことは二度としないでくれ」

「……わかったわ」

マチルダは腸《はらわた》が煮えくりかえるほどの怒りに駆られていたが、にっこり微笑《ほほえ》んで頷《うなず》いた。

もちろん、愛人役の謝礼は月々十分に受け取っていたが、それだけで七年もただの友人でいたつもりはない。

いつか侯爵夫人になることを目標にしていたからこそだ。

それが叶《かな》わなくても、ブレイクとあの田舎娘の結婚を壊すという新たな目標ができた。

そのために、マチルダは次は何を仕掛けようかと企み、ご機嫌でブレイクの書斎を出ていったのだった。

9

夕食の席では、いつも以上に会話が弾んだ。

とはいえ、その会話にジュエルが参加することはほとんどなかった。

マチルダの楽しそうなおしゃべりにブレイクが答え、ジュエルはただ聞くだけ。

時々思い出したようにブレイクが話題を振ってくれるが、すぐにマチルダが取って代わり、またジュエルは締め出されてしまう。

「――それなら私も一緒に行きたいわ、ブレイク。久しぶりに乗馬も楽しみたいし、何よりここが以前とどう変わったのか見てみたいもの」

「いや、だが……」

午前中は領地運営についてジュエルと話をするための時間であり、午後は領地をできる範囲で見て回っているのだとブレイクが話したところだった。

遠い領地についてはまたきちんと日程を組んで視察に向かうつもりだとも。

するとマチルダが嬉《うれ》しそうに声を上げたのだ。

客人としてマチルダが滞在している以上、放っておくわけにはいかない。

ピクニックに行くわけではないと言おうとしたブレイクに、ジュエルは無理してにっこり笑った。

「ぜひお二人でどうぞ。私は他《ほか》にもすることがありますし、わからないことがあればジードに訊《たず》ねてくださればいいわ」

それからまたジュエルは食事に集中するふりをして俯《うつむ》いた。

◇　◇　◇

マチルダがやって来てから、ジュエルとブレイクの生活は大きく変わった。

午後からの領地などへの視察はなくなり、ジュエルは屋敷での仕事に精を出すようになったのだ。

とはいっても、やることはそこまでない。

ただ、ブレイクとマチルダが馬で出かけていく姿を部屋の窓から見送るだけだった。

（まあ、一緒に行っても楽しくないからいいんだけど……）

午前中の領地についての勉強も、ジュエルがいなくてももうブレイク一人で大丈夫なのだ。

二人の気まずい空気を感じ取って、ジードは戸惑っているようだった。

ジードにこれ以後、気を遣わせないためにも、ジュエルは同席しないほうがいいだろう。

ブレイクが領地に興味を持たないのではというような心配も杞憂《きゆう》だったとわかった。

大学での成績もよかったらしいブレイクはのみ込みも早く、あっという間に領地運営について修得している。

後は四季折々の対応だが、それだってジードがいれば心配なかった。

要するに、ジュエルはもう用なしなのだ。

(旦那《だんな》様も予測失敗ね。二年もいらなかったんだから……)

せめて一年だったら。

そう考えたジュエルは、もう一つの遺言のために二年としたのだと気づいた。

今年は喪中で社交界に顔を出すなど早すぎると非難されるが、最近は一年過ぎればそれほど目くじらを立てられることもない。

昔気質《かたぎ》な先代侯爵らしいが、それは前夫が亡《な》くなって半年でその息子と再婚した時点で、社交界の人々からは非難されているだろう。

新聞記事がそれをよく表していた。

(社交界なんてどうでもよかったのに……)

ジュエルがため息をついたとき、ブレイクがマチルダとともに屋敷から出ていくのが見えた。

服装から今日も遠乗りに行くのだろう。

ジュエルはそれ以上見ていたくなくて、急ぎ窓辺から離れた。

(ひょっとして、旦那様は私とブレイク云々《うんぬん》じゃなくて、ブレイクとマチルダを結婚させたくなかったんじゃ……)

直接、遺言に書いてしまえば、ブレイクが反発して屋敷や領地を手放してしまうことも考えられた。

だから、あのような条件をつけたのではないか。

先代侯爵の予想どおり、ブレイクは反発してジュエルと結婚したために、マチルダとは結婚できなくなってしまった。

ブレイクの性格をよく把握しているから――自分とよく似ているとわかっていたからこそ、こんなとんでもない遺言を遺《のこ》したのだ。

ジュエルは今度こそ先代侯爵の真意にたどり着いた気がして、かなり納得した。

実際、ブレイクはマチルダを呼び寄せ、ずっと一緒に過ごしている。

（旦那様はブレイクがどれほどマチルダのことを好きか、ご存じだったのね……）

こんな残酷な遺言を遺した先代侯爵のことを恨みたかったが、ジュエルにはそれもできなかった。

先代侯爵には大恩があるのだ。

セネットが今、元気に歩き、街の学校まで通い、ジュエルの背を超えて大きくなれたのも、すべて先代侯爵が大金を惜しまず、伝手《つて》を使って名医に治療を任せることができたおかげだった。

そのことに比べれば、ジュエルの胸の痛みも苦しみも大したことはない。

ジュエルは前向きに考えて、無理に笑みを浮かべたのだった。

ブレイクとは二年間だけの契約結婚。

そう何度も自分に言い聞かせているのに、ジュエルはどうしても募る想いを抑えることができないでいた。

いっそのこと、ブレイクが冷たい態度のままジュエルを蔑《さげす》んでいてくれていたら。

そうすれば自分を誤魔化《ごまか》せただろう。

しかし、最近のブレイクは昔のように優しく接してくれていたため、ジュエルは気づかず期待してしまっていたのだ。

だがもう勘違いはしない。

そう固く誓ったジュエルは、翌朝になってハルジオンを摘んできてくれたブレイクに、素っ気ない態度を取ってしまった。

「すまない、ジュエル。その――」

「気にしなくていいのに。私よりも、せっかく遠くからいらしたマチルダをきちんと歓迎するべきでしょう？」

本当は今すぐ追い出してほしかったが、そんなことは口が裂けても言えず、領地運営に関する話し合いが終わると、ジュエルはさっさと部屋にこもった。

やるべきことがあるからと、遠乗りに誘われても断ったのは自分でも子どもっぽいと思う。

そんなジュエルに、ブレイクは遠乗りから帰ってくると、また新たな野花を贈ってくれた。

それさえもマチルダと一緒に摘んだのかと思うと腹立たしく、自室ではなく目につかない廊下の片隅に飾ってくれるようメイドに頼んだほどだ。

ジュエルはベッドに入ったものの、ブレイクとマチルダのことばかり考えて眠れなくなってしまっていた。

（……眠れないわね）

明日も朝からブレイクに会うかと思うと嬉しくもあり苦しくもあった。

（……帳簿の見直しでもすれば眠くなるわよね）

元々ジュエルは数字が苦手だった。

それでもずっと努力してカバーしていたのだが、ブレイクはあっさり理解していく。

ジュエルは帳簿の数字を見ていると眠くなるというのに。

しかし、こんな夜には最高の睡眠薬になる。

そう考えて、ジュエルは室内履きを履いてランプを持つと、廊下へと出た。

すると、隣の部屋――ブレイクの寝室の扉の前でマチルダと出会ってしまった。

「あら、まずいところを見つかってしまったわね。でも奥様でよかったわ」

「よかった？」

「だって、これは契約結婚なのでしょう？　まさかお二人が結婚するように遺言を遺すなんて、ブレイクのお父様もほんと意地悪な人よね」

「知って……」

「もちろんよ。すぐにブレイクは話してくれたわ。私たち、どうにもならない身分差で結婚はできないけれど、それでも長年愛し合っているんだもの。だから結婚相手が奥様で本当によかったわ」

「え……？」

「だって、彼は侯爵様になったんだもの。いずれ結婚しなければならなかったでしょう？　それなら何も知らない若くて無垢《むく》な花嫁さんだと、私の存在に傷つくかもしれないわ。だけどあなたなら、私たちの関係を知っているし、契約結婚だものね。私も彼の妻を泣かせるつもりはないから、本当に助かったわ」

　今すぐ部屋に逃げ帰ってしまいたい。

　だがプライドがそれを許さず、しかもこんな場面をブレイクに見られたくなくて、ちらりと彼の部屋へ目を向けた。

「ブレイクは一度眠るとよっぽどのことがない限り朝まで起きないのよ。本当なら私も朝まで一緒に眠りたいけれど、さすがにこのお屋敷ではまずいでしょう？　だから誰《だれ》にも見つからないように毎晩抜け出すのは大変だったんだけど、結局見つかってしまったってわけ」

「……そう。では次からはもっと気をつけてくださいね」

　ジュエルは吐き気を催すほどにつらかったが、喉の奥に力を入れてどうにか笑みらしきものを浮かべた。

　そしてゆっくり部屋へと引き返すと、ランプを置いてベッドに突っ伏した。

扉一枚隔てた隣の部屋でブレイクとマチルダが愛し合っていたなんて気づきもしなかった。

せめてブレイクがマチルダの部屋へと行ってくれれば。

もちろんそれも嫌。

（どうして旦那様はこんな遺言を遺されたの!?　せめて一緒に過ごすなんて条件がなければ……）

結婚してもお互い干渉せず王都と領地に別れて暮らすことができればよかった。

そもそも結婚なんてしたくなかった。

（この屋敷で逢瀬《おうせ》を重ねるほど、二人は愛し合っているなんて……）

弁護士や牧師に訴えればいいのかもしれない。

だがそれではブレイクが遺言の条件を満たしていないと判断され、財産を相続できなくなってしまう。

せめてマチルダを近くの家でも借りて住まわせてくれれば、毎日顔を合わせることもないのに。

ジュエルは悲しみと怒りの相反する感情に苦しめられ、眠れない夜を過ごすことになったのだった。

◇　◇　◇

「――ジュエル、いいかい？」

「……どうぞ」

翌朝はどうしてもブレイクと過ごすことができず、体調不良を理由に朝の日課をサボっていた。

すると昼前になって、ブレイクがジュエルの部屋の扉を叩《たた》いた。

「体調が悪いと聞いたが、起きていて大丈夫なのか？　やはり医者を呼んだほうがよいと思うが……」

「ご心配をおかけしてごめんなさい。でも大丈夫よ。朝の話し合いも休んでしまったけれど、もう私がいなくても平気でしょう？」

「何を言っているんだ。まだまだだよ。遠方の地へも一緒に行ってもらいたいし……でもそうだな。しばらく午前中はゆっくり休んでくれ」

気遣いの言葉をかけるブレイクは本当に心配してくれているようだ。

朝になって自分の寝不足の顔を見て、マチルダの美しさと比べてがっかりしたジュエルは仮病《けびょう》を使って部屋に引きこもった。

そのせいでプレム夫人やルトール、ジードにまで心配をかけたことに後悔していたのだ。

そこに部屋まで訪ねてきてくれたブレイクを断ってしまえば、さらに心配をかけてしまう。

結局、ジュエルは仮病を使っても何一ついいこともなく、みんなに迷惑をかけてしまっただけだった。

さらには寝不足のために目の腫《は》れた酷《ひど》い顔をブレイクにさらすことになったのだ。

「いいえ、もう本当に大丈夫よ。明日はまたジードに頼んで領地について教えてもらいましょう。だから私のことは気にせず、出かけてかまわないわ。昨夜、湖のほうへ行くとマチルダと約束したでしょう？」

「本当に……大丈夫なのか？」

「ええ」

「……わかった」

元気であることを伝えようと、ジュエルは明るく微笑《ほほえ》んだ。

ブレイクは何か言いたげだったが、結局は了承して部屋から出ていった。

その夜から、ジュエルは驚くほど変わった。

今まで参加しなかった夕食での会話に積極的に加わり、ブレイクだけでなくマチルダにも愛想よく振る舞ったのだ。

二人ともジュエルの変わりように驚き戸惑っているようだったが、何か言えるわけもない。

ジュエルはあのピクニックでの時間が楽しかったばかりに、マチルダのことはショックで今まで以上に傷ついていた。

あと一年と十一か月。

ジュエルはそれまで何も見えない聞こえないふりをして過ごすつもりだった。

その後は、先代侯爵が遺してくれたヤシナンの屋敷に閉じこもって暮らせばいい。

いつかセネットが結婚して子どもができたときには、変わり者の伯母さんとしてたまに遊ぶくらいはできるだろう。

　だからどうか、早く時間が過ぎますようにと、ジュエルは願っていた。

◇　◇　◇

「ねえ、ブレイク。先ほどから何か考え事？　ぼうっとしていたら、馬に振り落とされるわよ」

「……なあ、マチルダ。もう十分楽しんだだろう？　そろそろ――」

「そうなのよ！　遠乗りもたまになら楽しいけれど、これから毎日になるとさすがに飽きるわよね。それで奥様が声をかけてくださったの」

「ジュエルが？」

「ええ。午後はできれば話し相手になってほしいそうよ」

「本当に？」

　ブレイクにそろそろ王都に帰れと言われると察したマチルダは慌てて話を遮り、嘘《うそ》を口にした。

　だがさすがにブレイクも疑わしげに訊《き》いてくる。

　そこでマチルダはお得意の無邪気なふりで答えた。

「あら、嘘なんて言うわけがないじゃない。きっと少しゆっくりしたいんじゃないかしら。この際だから本当のあなたがどんなにいい人か、話すことにするわね」

「私のどこに〝いい人〟なんて存在するんだ？　逆に胡散臭《うさんくさ》く思われるだけだろ」

妖艶《ようえん》な姿と無邪気な姿の落差に惑わされる男性は多いが、ブレイクには通じない。

それでも上手《うま》く誤魔化すことができたようで、マチルダはほっと胸を撫《な》でおろした。

せっかく一昨日の夜はジュエルに、ブレイクの部屋から出てきたと見せかけることに成功したのに、ここで引き下がってしまっては台無しである。

毎夜、誰かに見られないかとブレイクの部屋の近くでうろうろしていた地道な努力が実ったのだ。

しかもジュエル本人に勘違いさせられたのは幸運としか言いようがなかった。

そんなことにも気づかず、ブレイクは呑気《のんき》にマチルダと出かけているのだから笑える。

やはりブレイクはジュエルのことになると、いつもの冷静な判断力を失くすようだ。

強がっているようで寂しさを隠し切れないブレイクを見て、マチルダは安堵《あんど》しつつも苛立《いらだ》ちを感じていた。


そして帰宅後。

マチルダは使用人にジュエルの居場所を訊いて、裏口へと向かっていた。

使用人は客人としてのマチルダに礼儀正しく接するが、その内心では嫌っていることはありありと見て取れた。

（大好きな奥様のために大変ねえ……）

使用人の態度が悪いと女主人の力量を問われる。

マチルダにどう思われようとかまわないのだろうが、ブレイクからジュエルが責められるかもしれないと考えているのだろう。

使用人たちはブレイクに対しても、いつまでもマチルダを滞在させることに大きな不満を抱いているようだ。

（あら？　あれは……）

ブレイクに嘘がばれる前に裏工作をしておかなければとジュエルを捜していたのだが、意外な姿を目にして思わず足を止めた。

その気配に気づいたのか、ジュエルともう一人――マチルダ基準のいい男予備軍である若い男性が視線を向けた。

それなりに身なりを整えた男性はあきらかに使用人ではないとわかる。

「マチルダ……こんなところでどうかなさったの？」

「マチルダ？」

ジュエルはマチルダが裏口にいることに驚いて声をかけた。

すると、久しぶりに会いにきていた弟のセネットが明らかな敵意をマチルダに向けた。

しかしマチルダは気にもせずに、にっこり微笑んで歩み寄ってくる。

「こんにちは。私はマチルダ・リントン。こちらのご主人に招待されて滞在しているの」

「……僕はセネット。ここの女主人であるジュエルの弟です」

「セネット――」

「あなたのお姉様にはとてもお世話になっているのよ。もちろん、ご主人にもとてもよくしていただいているの」

　挨拶《あいさつ》に差し出したマチルダの手を一瞥《いちべつ》しただけで無視する弟を、ジュエルは責めようとした。

　だが気にしていないとでもいうように妖艶な笑みを浮かべたまま、マチルダは手を下ろして意味ありげに答えた。

「あなたは――」

　はっと姉弟は息をのみ、次いでセネットが何か言いかけたが、ジュエルが急いで止めた。

「セネット！　あの、忙しいのに引き留めてごめんなさい。さあ、もう行って。マチルダは私に何か用事があるのでしょう？」

「ええ」

　セネットは苛立ちをあらわにしてマチルダを睨《にら》みつつも、ジュエルに背を押されて裏口から出ていく。

　その背を見送って扉を閉めると、深く息を吐いてジュエルはマチルダへ向き直った。

「場所を変えましょう」

「ええ、ありがとう」

ここは使用人の出入り口であり、今も多くの使用人たちの目がある。

マチルダに夕食時以外で会ってしまったのは運が悪いが、客人として扱わなければ失礼になると、ジュエルは先に立って歩きだした。

その後ろでマチルダが馬鹿《ばか》にした笑みを浮かべていることには気づかずに。

「――それで、ご用というのは何でしょうか？」

応接間にマチルダを通してお茶を淹《い》れると、ジュエルは単刀直入《たんとうちょくにゅう》に切り出した。

マチルダはお茶を一口飲んで、少し困ったというような表情で微笑む。

「実はね、もういい加減に午後の遠乗りも飽きちゃって、それでブレイクに愚痴《ぐち》ったら自分がいないときは奥様の話相手をしてやってくれないかって言われたの」

「私の……？」

「そうなのよ。自分はここのことを覚えないといけないから、まだ王都には戻れない。でも私にはいてほしいから、奥様に王都のこととかお話しして色々と教えてやってくれって」

「私に王都のことを教えろと？」

「ええ。奥様はこの大きなお屋敷を立派に切り盛りしていらっしゃるけど、王都には不慣れでしょう？　だけどいくら契約結婚とはいえ、ブレイクの奥様として王都の社交界には出なければいけないものね。それでブレイクは恥をかかないようにしてほしいのよ」

社交界と聞いて、ジュエルははっとした。

そんな個人的な遺言内容までマチルダに話しているのかと、ジュエルはショックを受けた。

もちろん、今のマチルダの言葉は偶然である。

お互いそれには気づかず、ジュエルは無理に笑みを浮かべて頷《うなず》いた。

「お気遣いいただき、ありがとうございます。ですが、今はまだ何かとやることが多く、あまりお時間を取れないと思いますが……あなたが退屈しているなら、女主人としては見過ごせませんもの。興味はそれほどありませんが、ぜひお話しください」

ジュエルなりの精いっぱいの嫌み。

退屈しているならお相手をしてあげますよ、と。

その言葉にも堪《こた》えた様子もなく、マチルダは艶然《えんぜん》と微笑んだ。

「ありがとうございます、奥様。明日から楽しみにしておりますわ」

10

「――ねえ、ブレイク。明日は奥様も午後お出かけなさるそうなの。それで私は必要ないそうだから、久しぶりに一緒に遠乗りしましょうよ。話したいこともあるの」

「君はそんなに――マチルダの話し相手をする時間もないほど遠くに出かけるのか？」

　数日後の夕食の席で、マチルダのお願いを聞いたブレイクは驚いたようにジュエルに問いかけた。

　マチルダは返事をもらえないことに唇を尖《とが》らせている。

　ジュエルはそんなマチルダをちらりと見て、ブレイクと視線を合わせた。

「ええ。久しぶりにホルロイドの領地に行ってこようと思って」

「何かあったのか？　私も一緒に行けば役に立てるかも――」

「いいえ。大丈夫です。特に何かあったわけではなく、しばらく帰っていなかったので様子を見に行ってくるだけですから」

　失礼なことはわかっていたが、ジュエルは慌ててブレイクの言葉を遮った。

　もし本当にブレイクと二人きりでジュエルの実家であるホルロイドの領地まで帰れるのなら嬉《うれ》しい。

　だが今の話の流れからは、当然マチルダも一緒に来ることになるだろう。

　ジュエルはブレイクとの楽しい思い出しかないホルロイドの地にマチルダを連れて行きたくなかっ

た。

ブレイクは親切心から言ってくれているのもわかっている。

ただ急にホルロイドに様子を見に行くことにしたのは、午後のマチルダとの二人きりの時間を避けるためだったのだ。

領地については先日セネットが報告に来てくれたばかりなのだから。

マチルダから王都の話を聞かされるのははっきり言って苦痛だった。

自分とブレイクがいかに王都で七年もの間、楽しく過ごしていたのかということを、有名な劇場や広場、様々な催しを教えてくれるふりをして自慢してくるのだ。

それともこれは自分が捻《ひね》くれた見方を——聞き方をしているせいかもしれない、などと思うこともあり、ジュエルは自己嫌悪することもあった。

それでも日ごとに気持ちを隠していくのが上手《うま》くなっていく。

二人の楽しそうな会話をにこやかに聞くこともでき、ブレイクから話を振られれば笑顔で答えられる。

心がどんなに傷ついていこうと、表情だけは笑顔を保っていられたのだった。

◇　◇　◇

「——ありがとう、セネット。もうここまでで大丈夫よ」

「何を言ってるんだよ、姉さん。屋敷まで送るよ」

「本当に大丈夫よ。少し歩きたいから。あなたも早く帰らないと、暗くなってしまうわ」

屋敷が見える場所まで帰ってきたジュエルは、セネットに合図を送って馬を止めさせた。

ジュエルがホルロイドの領地まで乗っていった馬は見回りの途中で蹄鉄《ていてつ》の調子が悪くなり、ひとまず置いて帰ることにしたのだ。

そのため、セネットに送ってもらうことになったのだが、ジュエルが手を借りて馬から下りると、セネットも続く。

だが、地に足をついたセネットはわずかに顔をしかめ、気づいたジュエルは慌てて怪我《けが》をした足に触れた。

「大丈夫なの!?」

セネットはくすぐったそうに笑いながらジュエルの手を掴《つか》んで止めた。

「心配しなくても大丈夫だよ。今のは足の怪我が痛んだわけじゃなくて、こっちだから」

そう言って、セネットは袖をまくって肘《ひじ》のあざを見せた。

「僕の寝相が悪いことは知っているだろう？　どうやら寝ている間にぶつけたらしいんだ」

「こんなにあざができるくらいに？」

「そう。しかも朝まで気づかなかったみたいなんだ」

「信じられない……」

ジュエルはそう呟《つぶや》き、声を出して笑った。

久しぶりに心から笑ったことで、気持ちがずいぶん軽くなっていく。

そんな姉をセネットは愛《いと》しげに見た。

「もう本当に足は大丈夫だよ、姉さん。そりゃ、確かに時々痛むことはあるけれど、ほとんどよくなったんだ。走ることだってできるしね。それも全部、姉さんのおかげだよ」

「違うわ。それはあなたが頑張ったからと、旦那《だんな》様の……先代様のおかげだよ」

「僕の怪我について話を始めたら終わらないね。とにかく僕はもう大丈夫だということだよ。本当に屋敷まで送らなくていいの？」

「――ええ、ありがとう。それじゃあ、またね」

「うん。気をつけて」

「あなたこそ」

定期的に始まる怪我についての感謝合戦をセネットは終わらせ、ジュエルの両頬《ほお》にキスをした。

ジュエルも同様にキスを返して、屋敷に向かって歩き出す。

その背を見送り、振り返るジュエルに手を振ったセネットは、馬に跨《またが》り自宅に向けて走らせた。

ジュエルは再び振り返ると、セネットのぴんと伸びた背筋《せすじ》から足へと安堵《あんど》した様子で見守り、再び屋敷に向けて歩き始めた。

ブレイクはジュエルと見知らぬ若い男のやり取りを、少し離れた大木の陰からじっと見ていた。

そんなブレイクを忌々《いまいま》しげに見ていたマチルダは、ふと思い当たり満足そうに微笑《ほほえ》んだ。

それから心配そうな表情へと変える。

「奥様と一緒にいる彼……どなたなのかしら？」

「――見たことないな」

ブレイクはジュエルと一緒にいる彼を弟だと知らないらしい。

これは楽しいことになりそうだと、マチルダは歓喜に躍る心を静めた。

「ずいぶん親しそうね。……恋人かしら？」

「何だと⁉」

もったいぶったように問いかけたマチルダは、振り返ったブレイクの表情にびくりと体を震わせた。

しかしすぐに気を取り直して続ける。

「だって、あんなふうに触れるなんて、相当親密な間柄じゃないとできないでしょう？　里帰りみたいなことをおっしゃっていたけれど、彼と会うための嘘《うそ》だったのでしょうね。それで今日は一日……」

意味ありげに言葉を途切れさすと、ブレイクはぐっと歯を食いしばった。

その怒りの気配を感じ取って、乗っていた馬が怯《おび》えたように小さく嘶《いなな》いて足踏みする。

ブレイクははっとして馬を宥《なだ》めると、再びジュエルたちに視線を戻した。

「――だが、ジュエルはまだ父を亡《な》くして半年だぞ？」

「あら……。結婚していても愛人がいる人なんてたくさんいるわ。奥様はまだお若いし、あなたのお父様はご高齢だったのだから……」

二人が別れを惜しむようにキスをして抱きしめ合い、それから離れていく姿を見つめながら、マチルダは告げた。

姉弟と知らなければ、本当に恋人同士のようだ。

このままブレイクが怒りに任せてジュエルを追い出せばいいのにと、遺言の詳しい条件――本当の条件を知らないマチルダは願った。

帰る家があるのなら、ジュエルはたいして困らないだろう。

どうせ十分な遺産は手に入れているのだろうから。

ジュエルとセネットがお互いを気遣うように振り返り見守る姿を最後まで見届けると、ブレイクは手綱を操り向きを変えた。

「ブレイク？」

「なかなか言い出せなかったが、言わせてもらう。マチルダ、悪いがもう屋敷から出ていってくれ」

「でも、奥様が――」

「妻は関係ない。私が君にいてほしくないんだ。明日には発《た》ってくれ。手紙にも書いているが、王都の家は君のものだ。七年間の友情の感謝の証《あかし》なので受け取ってほしい」

「そんな……」

追い出す相手が違うと、マチルダは言いたかった。

なぜこんなことになったのか、意味がわからない。

今までもブレイクは――ジュエルも、マチルダに出ていってほしいと何度も言おうとしているのはわかっていた。

それを遮り、ここまで粘り、ついには二人の破局を迎えられると達成感を味わったのはたった今なのに。

マチルダはいつもの嘘泣きをしながら、背を向けたブレイクに訴えた。

「酷《ひど》いわ、ブレイク……。私は七年もあなたに尽くしてきたのに！」

「報酬は十分に渡していたはずだ。それに君には何人も恋人がいただろう？」

「知って……」

「気づかないわけないだろう？　だが、君は友人だったから、私が口を出すことではないと思っていた。だが、この友情も終わりだ」

ブレイクはそう言い捨てると、馬を走らせ始めた。

屋敷とは反対方向――帰ってきた乗馬道を全速力で駆けていくブレイクの背を見送って、マチルダは嘘泣きをやめ、恐ろしい形相《ぎょうそう》で屋敷に向かった。

11

「――おかえりなさい。今日はずいぶん遠くまでいらっしゃったの？」

「いいえ、それほど遠くへは行っておりませんわ」

自分のほうが帰りは遅いだろうと思っていたジュエルは、まだブレイクとマチルダが戻っていないと聞かされて驚いた。

いったい二人は何をしているのだろうと考え、嫌なほうへと向かう思考をどうにか抑えていたのだ。

そこに二人が帰宅した気配を感じて、急ぎ迎えに出た。――女主人の役割だと自分に言い聞かせて。

しかし帰宅したのはマチルダ一人だった。

まだブレイクは厩舎《きゅうしゃ》なのだろうかと考えながら、その答えをマチルダが口にしてくれないかと待つ。

「……ブレイクはひょっとしてもう帰ってこないかもしれないわ」

「え？」

「先ほどまでずっと……今の生活が――結婚生活がどんなに苦痛かと私に訴えていたもの。だからひょっとして、奥様と離縁されるつもりなのかも」

「私と……」

わかってはいたが、マチルダの口からブレイクが結婚生活を苦痛に感じていたと聞かされ、ジュエルはショックを受けた。

　できる限り二人の邪魔をしないように、午後からのマチルダの相手もどうにか我慢していたのに、それでもまだダメなのかと。

　そこでマチルダの満足げな表情に気づいてはっと我に返る。

　冷静になったジュエルは、すっと背筋《せすじ》を伸ばした。

「侯爵様が離縁するはずがないわ。確かに彼はすでに十分な財産を持っているかもしれないけれど、このお屋敷や思い出の地である領地を手放すはずがないもの」

「もちろんよ。だから彼は嫌いなあなたと結婚したんじゃない」

「――ええ。それで二年間、嫌でも一緒に過ごさなければならないのよ。侯爵様から聞かされたでしょう？」

「……え？　ええ、もちろんよ」

　マチルダから改めてブレイクが自分を嫌っていると聞かされて、ジュエルは傷つく心に気を取られた。

　ケンカをしないというあの約束も、野の花も、すべて遺産のためなのだ。

　やはりマチルダと一緒にいるうちに、この偽りの結婚生活が嫌になったのだろう。

　ジュエルはかすかに抱いていた希望が打ち砕かれ、マチルダの動揺には気づかなかった。

「とにかく、侯爵様がご無事ならいいのだけれど……。行き先はご存じないのかしら？」

「き、きっと、頭を冷やしたら帰ってくるわよ。ここはブレイクのよく知っている土地でしょう？捜索隊を出すには早すぎると思うわ」

「そう……そうよね。それでは、マチルダは夕食は――」

「私は部屋でとるわ。ブレイクがいないとつまらないから」

「わかりました」

マチルダは優雅に微笑《ほほえ》んで余裕を見せながら部屋に戻ると、隠しておいたこの屋敷の金目のものを急ぎ荷物と一緒に詰め始めた。

まさかブレイクが遺産を相続する条件に、ジュエルとの結婚だけでなく二年間も一緒に過ごさなければならないとあったなんて知らなかった。

それではいつか自分の嘘《うそ》がバレてしまう。

そう気づいたマチルダは早く王都の家に戻って、手紙にあったブレイクからの謝礼金の受け取り手続きをしなければと焦《あせ》った。

マチルダのしたことを知ったブレイクの気が変わって、家の贈与手続きを止められてはたまらない。

「あのジジイ！　本当によけいなことを！」

七年前にこの屋敷で一度だけ会ったブレイクの父親のことをマチルダは口汚く罵《ののし》った。

あのときの屈辱も思い出して憤《いきどお》っていたマチルダは、人の気配を感じて急ぎ荷物を隠した。

◇　◇　◇

ブレイクは衝動のままに馬を走らせ、少し離れた街道に出ると、宿屋兼酒場で部屋を取って一階で食事をとっていた。

主に酒ばかりだが。

今はジュエルと顔を合わせる勇気がない。

約束を破って怒りに任せ、「あの男は誰《だれ》だ!?」と問い詰めてしまいそうだった。もしくは、「あの男と別れてくれ」と縋《すが》ってしまいそうなのだ。

他《ほか》の客が千鳥足で家路についたり、各部屋に戻り始めた頃《ころ》、新たな客が宿を求めて入ってきた。

「――あれ？　ひょっとしてブレイク様ではありませんか？」

聞き覚えのあるその声に顔を上げると、昔から侯爵邸で働いてくれている馬丁《ばてい》の姿があった。

部屋に一度荷物を置いて、食事をとりに下りてきたらしい。

宿屋の主人は気を利かせてか、彼の食事をブレイクと同じテーブルに置く。

「あ、いや、俺《おれ》は――」

「いや、かまわないさ。久しぶりだな、キース。厩舎では顔を見なかったから辞めたのかと思ったよ」

キースはブレイクと年が近いこともあって、見習いとして侯爵邸で働き始めたときからそれなりに親しくしていた者だ。

　それもキースの遠慮のない性格にある。

　キースは少しためらいはしたが、それでも「では失礼いたします」と主人と同じ席に着いた。

もちろん普段は絶対に使用人が主人と同じ席に——正確には主人の前で座ることなど許されないが、今は仕事から離れているという意識がそうさせたのだろう。

「実は少しお暇をもらっていたんです。母の体調が思わしくなくて……。結局、回復することはありませんでしたが、無事に葬儀も終えたんで戻ってきました」

「そうか……。それは何もできず申し訳なかったな。母上のご冥福を祈らせてくれ」

「ありがとうございます。でも奥様から休暇もしっかりいただけて、最期を看取《みと》ることができたので後悔はありません。葬儀のときはご自分も大変な時期でしたのに、お心のこもったお手紙までいただいて……」

　キースの話を聞いて、ブレイクは恥ずかしくなっていた。

　自分は領主としても主人としても何もしていない。

　父が床《とこ》に臥《ふ》せるようになってからはすべてジュエルがやってくれていたのだ。

　侯爵夫人という重圧にあって、まだ若い彼女には支えが必要だったはずなのに。

（父や彼女からの手紙を無視して好き勝手していた私に彼女を縛る権利があるのか……？）

　ブレイクは改めてジュエルの苦労を思い、やり場のない怒りが急速に萎《しぼ》んでいくのを感じた。

キースはどうやら酒には弱いらしく、一杯目ですでに酔い、自分語りを始めている。

本当なら今日中には屋敷に戻りたかったが、トラブルでこんなに遅くなり、宿に泊まらざるを得なくなったこと。

馬の扱いには自信があり、実家も王都に近かったので土地勘があり、何度か王都への遣いに行ったことなど。

「――でもぉ、ブレイク様がこうしてお戻りくださって、よかったっす。あの性悪《しょうわる》……嫌な女とは別れたってことっすよね？　マチルダとか、いう……俺、二回も追い返されたんすからね……」

「……マチルダが？　執事ではなく？」

「そっすよ？　……旦那《だんな》様が、もう……長くないって、奥様が泣いていらっしゃって……。ブ……ブレイク様にお会いしたがってるって、伝えたのに……」

ジュエルは父親の容態について、手紙ではなく直接の遣いも何度もやったと言っていた。

それを嘘だと決めつけ、信じずにジュエルを責め立てたことが思い出される。

王都にある侯爵邸の執事なら遣いを追い返すはずもなく、ブレイクにどうにかして連絡してくれたはずだ。

ひょっとして、マチルダに貸していた屋敷へ遣いを向かわせたのかもしれないが、それにしても不自然だった。

そもそもキースはマチルダに追い返されたと言っている。

どういうことかマチルダに問い質《ただ》したかったが、今日はもう酒を飲みすぎてしまっている。

そこでようやく、ジュエルとマチルダが顔を合わせてしまうと気づいた。

なぜあのとき一人でマチルダを帰したのか、自分の衝動を抑えてでも、ジュエルを守らなければならなかったのに。

慌てて立ち上がったブレイクは、くらりとしてすぐに椅《い》子《す》に腰を下ろす。

やはり今戻るのは危険すぎる。

怪《け》我《が》をしては元も子もないのだ。

きっとルトールやプレム夫人がマチルダからジュエルを守ってくれるだろうと希望に縋ることにした。

とにかく明日の朝には屋敷に急ぎ戻らなければと考えつつ、ブレイクは目の前のキースに頭を下げる。

「……すまなかったな」

「俺は別に……いいっすよ……。ただ、奥様がお気の毒で……旦那様にいいお知らせが、できなくて落胆されていた、から……。そもそもあんな……あんな事故がなければ……」

「ああ、弟君が大怪我してしまったそうだな……」

「そうっすよ……。言いたかないっすけどね、あれは、ブレイク様が……」

ぐだぐだと話していたキースは黙り込んだ。

どうやら一瞬、誰を相手に話しているのか我に返ったようだが、ブレイクが宿屋の主人に頼んでもう一杯酒を提供するとどうでもよくなったらしい。

酒に口をつけるキースをブレイクは辛抱強く待った。

「それで、どうしたんだ？」

「ええっと……」

「奥様の弟君の怪我だが……」

「ああ、そうそう。奥様の弟さんの怪我っすけどね、あれは……ブレイク様の放ったらかしにした……いや、ご友人だったか……。とにかく、あの犬が……飢えた猟犬が家畜を襲いだして……奥様の弟さんまで、襲ったんだ……うん」

「そんな……」

ブレイクは今聞いた話に衝撃を受けて、震える手でグラスを傾けた。

五年前のジュエルと父親の結婚の真相をルトールから聞いたときに、もっと詳しく話を聞こうとしなかったことを後悔した。

だがそもそもの原因は自分の――あのときのくだらない反抗心からの放埓《ほうらつ》な振る舞いによってジュエルの弟は大怪我を負うことになってしまったのだ。

ジュエルと一緒のときには愛想のよかった領民たちが、ここ最近ブレイク一人で顔を見せてもよそよそしい態度になっていたのも当然だろう。

（私はジュエルに今まで何をしたんだ？）

本来ならジュエルにも弟君にも膝《ひざ》をついて頭を下げるべきなのだ。

それを散々侮辱《ぶじょく》し、父親の――老人の看護を任せ、恋人がいるというのに無理やり結婚させてしまった。

「最悪だ……」

「そうっすねえ……。俺が聞いた話だと、奥様は……最初はブレイク様に、助けを……求めてたらしいっす。でも……」

さらにキースはブレイクにとって衝撃的なことを打ち明けると、頭を抱えて口をつぐんだ。

それからもう限界だと思ったのか、席を立つとふらふらした足取りで階段へと向かう。

その様子を見て大丈夫そうだと判断したブレイクは、残っていた酒を一気に呷《あお》って立ち上がった。

（……離縁するべきた。元々屋敷も領地も財産も私が受け継ぐ資格なんてなかったんだ）

やはり今すぐ屋敷に戻ってジュエルに謝罪しよう。

そう思ったが、酔いは覚めたつもりでも体が言うことを聞かなかった。

視界がふらつき、馬には乗れそうにはない。

ブレイクは逸《はや》る気持ちを抑え、これからの贖罪《しょくざい》の日々を――ジュエルのいない日々を思いながら部屋へと向かった。

12

翌朝。

痛む頭を抱えながら起き上がったブレイクは、憂鬱《ゆううつ》な気分で宿屋を出た。

屋敷に戻ったら、まずはルトールにきちんと真相を聞かなければならない。

それからこの情けない姿を整え、ジュエルに謝罪して離縁を申し出よう。

離縁のことを考えるとさらに頭痛がひどくなり、吐き気までしてくる。

さすがにブレイクも本当はわかっていた。

これが二日酔いなどではなく、単に失恋前の緊張であると。

ジュエルと文通を始めた頃《ころ》には淡い恋心だったものが、大人《おとな》になるにつれて気持ちも育っていったに違いない。

そうでなければ、休暇で屋敷に戻るたびにジュエルの家に訪ねていったりなどしなかっただろう。

それなのに都会での遊びに心奪われ、一時的にでもジュエルを心から閉め出していたのだ。

この結婚で、再び恋心を自覚したものの、もう遅い。

（床に頭をこすりつけてでも謝罪して、許しを請《こ》い、離縁を……）

そこまで考えて、ブレイクはふと思い立った。

ジュエルは昨日の男のことは本気なのだろうか、と。

もちろんジュエルが遊び半分で付き合うとは思わないが、これからブレイクが愛を乞《こ》い続ければ、ひょっとして、いつかきっと、振り向いてくれるかもしれないのではないだろうか。

離縁するのはまだ早いかもしれない。

そう考えたブレイクは馬から下りて、カスミソウを摘んだ。

だが、ここ最近の自分の態度を思い出し、渡していいものだろうかとも迷う。

それでもとにかく会って許しを請わなければと屋敷に戻ったブレイクは、まだ心の準備ができていないまま玄関でジュエルに迎えられた。

「――侯爵様、おはようございます」

「ジュエル……」

――ブレイク・キャンモアは名うての放蕩《ほうとう》者である。あまたの女性を虜《とりこ》にし、泣かせてきたのだ。

そう新聞に書き立てられてきたブレイクが、ジュエルを――本当に愛する人を前にして言葉を失ったのである。

そして冷静さを欠いたブレイクの口からは本人の意思とは別の言葉が飛び出してしまった。

「私と、離縁してくれないか？」

「……え？」

「この屋敷も領地も私はいらない。すべて君のものだ」

屋敷に戻ってすぐジュエルと顔を合わせてしまったブレイクは、大混乱して自分の発した言葉を訂正することもできず硬直してしまった。

そこに家政婦のプレム夫人が割り込んだ。

「あらあらまあ、朝帰りですか？　いえ、もうお昼になろうとしていますがね。酷《ひど》い格好ですよ、坊ちゃま」

プレム夫人の使用人とは思えない嫌みな言葉に二人ははっとして、ブレイクは自分を改めて見直した。

クラバットも結ばず、シャツは留めたボタンがずれており、おそらく髪の毛もくしゃくしゃで無精ひげも生えているだろう。

そんな姿をジュエルに見せてしまっていることが恥ずかしくて、ブレイクは慌てた。

「あ、後できちんと話し合おう！」

動揺していたブレイクはジュエルがどんなに傷ついていたかに気づかないまま、急ぎ部屋へと向かった。

そして階段を上りきったところで、ふとマチルダのことを思い出す。

世間には愛人だと思わせていたが、ブレイクにとっては友人だと愚かにも思っていたのだ。

だが、昨晩キースから聞いた話ですべてが信用できなくなってしまった。

それどころか、父に最期の別れをできなかったことに怒りが湧いてくる。

（いや、すべては私が下手《へた》な意地など張らなければよかったんだ。それでも……）

マチルダの言葉を信じて屋敷に滞在させてしまったが、それがどれだけジュエルの体面を傷つけていたのかにも気づかなかったなんて。

父親が亡くなってから――いや、二人が結婚してからずっと正気を失くしていたとしか思えない。

「マチルダ、入るぞ」

「――まあ、ブレイク。酷い格好ね？」

マチルダの許可を得て入った部屋のむせ返るような香水の匂いに、ブレイクは顔をしかめた。

今まで――王都にいた頃には気にも留めなかったのに。

王都での自分の生活にブレイクは改めて嫌気がさした。

「……悪いが、君への謝礼金はなしにしてもらう。あの家だけで十分だろう。今まで――」

「突然どうしたの？　私たちの友情を裏切るつもり？」

「先に裏切ったのは君だろう？　昨晩、父の危篤を知らせる遣いとして何度も王都に行ったという者に会ったよ。彼は君にも直接伝えたと言っていた」

「酷いわ、ブレイク。私よりそんな使用人の言葉を信じるの？　きっとその使用人は奥様に言わされているのよ！」

そう言って、マチルダは両手で顔を覆い嘆いた。

明るい日差しの差し込む部屋で繰り広げられるマチルダの芝居じみた態度は醜悪にしか見えない。

こんなに長い間何も見えていなかったのかと、ブレイクは唖然《あぜん》としてマチルダを見下ろした。

「……悪いがもう、君の言葉は信じられない。なぜ君はこんな嘘《うそ》を続けたんだ？」

「なぜ、ですって？　あんな田舎《いなか》娘に負けたくなかったからよ。だって、あなたったら七年前もあの女のことが好きだったじゃない？」

「な――」

「バレバレだったわよ。なのにあなた自身は気づいていないんだから、こんな面白《おもしろ》いことってないわよね。私があれだけあなたにアプローチしてもなびかなかったのに。だから決めたの。絶対にあなたたちの邪魔をしてやろうって。ちなみに、あなたの大好きな奥様は、私たちがこの屋敷でもベッドを共にしていると信じているわよ。もちろん、私がそう仕向けたの」

昨夜から驚きの真実を知ってばかりだったが、これほどに衝撃だったことはなかった。

友人だと思っていたマチルダが、誰《だれ》よりも一番気をつけるべき人物だったのだ。

「……今すぐ出ていけ！　二度と私の前に顔を見せてくれるな！」

「ええ、わかったわ。お間抜《まぬ》けさん」

ブレイクの剣幕にもマチルダは恐れるどころか、くすくす笑いながら答えた。

そして部屋から出ていこうとするブレイクの背に追い打ちをかける。

「ああ、そうそう。せっかくだから、もう一つ教えてあげるわ。七年前からあなたの王都の屋敷の従僕にね、お願いをしていたの。執事の目を盗んで、あなた宛ての田舎娘からの手紙は私に渡すよう

にって」

「なんてことを――！」

ブレイクは込み上げる怒りにマチルダを殴りそうになり、慌てて握りしめた拳《こぶし》を下ろし、歯を食いしばった。

いくらマチルダが最悪の人間でも女性を殴るなどできない。

「面白かったわ。確か五年前だったかしらね。あなたに必死に助けを求める内容だった。弟が大変だから、お金を貸してほしいって。あの田舎娘も結局お金目当てなんじゃない。それであなたが無視したから、その父親と結婚するなんてね。そこまでしたたかだったなんて、とんだ誤算だったわ」

「ジュエルは……」

反論しかけて、ブレイクは口をつぐんだ。

マチルダに何を言っても無駄だろう。

それどころかこれ以上余計な情報を与えたくない。同じ空気を吸っているだけでも吐き気がしてくる。

部屋を出て音高く扉を閉めたが、マチルダの高笑いがそれでも聞こえてきていた。

◇　◇　◇

ブレイクが出ていったあともしばらく甲高《かんだか》い声で笑っていたマチルダの形相《ぎょうそう》は酷いものだった。

こんな屈辱はあり得ない。

怒りのままにベルで使用人を呼び、急いで馬車を用意するよう言いつける。

荷造りは昨日のうちにすませているので、大した手間ではなかった。

苛立《いらだ》ちながら窓の外を見て馬車を待っていると、ジュエルが外へと出ていく姿が目につく。

マチルダは意地悪く微笑《ほほえ》んで、急ぎ部屋から出ていった。

「――奥様、ブレイクが捜しておりましたわよ？」

「え？」

後できちんと話し合おうとブレイクに言われたが、おとなしく部屋で待っていられず、ジュエルは薬草を摘みに網カゴを持ってすぐ近くの野原に向かおうとした。

そこに後ろからマチルダに声をかけられドキリとする。

「誰にも聞かれたくないから、森にある貯蔵庫に来てほしいと言ってたけれど……場所はおわかりですか？」

「ええ、それはもちろんですけど……本当に？」

「はい。間違いありませんわ。奥様をお見かけしたらそう伝えてほしいと。ブレイクは捜しながら貯蔵庫に向かうと言っておりましたけど、もしいらっしゃるおつもりがないのなら、私が行ってお伝えいたしますから、場所を教えていただけます？」

「いいえ。私が行くわ。だから侯爵様にお会いしたら、そう伝えてくれるかしら？」

「はい、もちろん」

後で話をしようとは言われたが、あの場所でするとは思ってもいなかった。

ここ最近、ジュエルが森の貯蔵庫に隠れていたのを、ブレイクは知っていたのかもしれない。

そう思うと恥ずかしかったが、マチルダには場所を知られていないらしいことにほっとする。

離縁を突きつけられていても、ブレイクとの子どもの頃の思い出の場所をマチルダに知られるのは嫌だった。


マチルダは森へと向かうジュエルの背を見つめながら再び意地の悪い笑みを浮かべた。

森の貯蔵庫のことは、退屈な午後に一人で外をぶらぶらしているときに男たちが話しているのをたまたま耳にしたのだ。

その後、ブレイクに連れて行ってほしいとお願いしたが、適当な理由をつけて断られてしまった。

（ああ、そういうことね……）

女の勘ですぐに森の貯蔵庫とやらがジュエルとの思い出の場所か何かなのだろうとマチルダは悟った。

そこでまた一人で暇を持て余しているときに、男たちの会話を頼りに向かったのだ。

森の貯蔵庫というわりには屋敷からそれほど遠くなく、草が生い茂ってわかりにくくはあったが見つけることはできた。

それも人が何度も踏み入った跡があったからだ。

（ほんと、馬鹿《ばか》ばっかり）

マチルダは距離を置いてジュエルを追いかけ、古びてはいるがそれでも頑丈そうな扉を開けて覗《のぞ》き込む姿を隠れて見ていた。

ジュエルは貯蔵庫の奥へとブレイクに呼びかけている。

おそらく数日前にマチルダがやってきたときに閂《かんぬき》をかけずにそのままにしておいたので、中にいると思ったのだろう。

思いつきの行動ではあったが、すべてがマチルダに味方していた。

マチルダは急ぎ扉へと近づきジュエルの背中を押すと、驚き悲鳴を上げるジュエルを無視して扉を閉めて閂をかけた。

「出して！　誰か！　ねえ！」

「馬鹿な女ね！　そこで叫び続ければ、きっと誰かが助けに来てくれるわよ。それじゃ、さよなら」

くぐもった声で助けを呼ぶジュエルをマチルダは嘲笑《あざわら》った。

そして、屋敷の裏手に回って貯蔵庫とは反対側の庭から現れたふりをして屋敷の正面に向かう。

馬車はすでに待機しており、どうやら荷物も運び終わったようだ。

のんびり歩いて馬車まで行くと、ブレイクも苛々《いらいら》しながら待っていた。

「あら、あなたも見送ってくれるの？」

「君がいないと聞いたんだ」

「別れが惜しくなったのかしら？」

「いや。ただ、君との友情がこんな形で終わったのは残念だと思う」

「いやだわ。友情なんて始まってもいなかったのよ。男って本当に鈍感よね。それじゃ、さよなら」

先ほども口にしたばかりの別れの言葉がおかしくて、マチルダは一人声を上げて笑いながら馬車に乗り込んだ。

このあと、せいぜいジュエルを捜して焦《あせ》ればいいわ。

忌々《いまいま》しいジュエルが今も恐怖で叫んでいるのかと思うとせいせいする。

王都に向けて走り出した馬車の窓から貯蔵庫のある小さな森へと目を向け、マチルダは再び声を出して笑った。

13

ジュエルは暗闇《くらやみ》の中で唯一外からの光が漏れ入る扉近くに膝《ひざ》を抱えて座り、救出を待っていた。

どうしてマチルダがこんなことをしたのかわからず、徐々に日が沈む気配に不安を募らせながらも、ジュエルはあれこれと考えた。

悪戯《いたずら》にしては度が過ぎている。

それだけマチルダに嫌われていたのだろうかと思うと、悲しみよりも腹が立ってきた。

（そもそも、どうして私が嫌われないといけないわけ？　そりゃ、愛する人が別の女性と結婚すれば許せない気持ちもわかるけれど、仕方ない理由があったわけだし、ブレイクだってそこはきちんと説明していたのでしょう？　もちろん、私だってマチルダのことは嫌いだったわ。でも、それは隠していたつもりだし、ちゃんともてなしていたつもりだったのに、やっぱり気持ちを見透《みす》かされていたのかも。それにしたって……）

夜の逢引《あいびき》だって見逃したのだ。

そのことを思い出したジュエルは、ブレイクにも腹を立てた。

（そうよ。何よりブレイクが悪いのよ。二年間は長かったかもしれないけど、それでもせめてマチルダを別の屋敷に滞在させれば……ここまで呼び寄せる必要はなかったわよね？　それだけ離れがたかったってこと？　今になってまた急に摘んだ花を渡してきたのは、離縁するからって謝罪？）

ジュエルは苛立《いらだ》ちとともに悶々《もんもん》としていたが、それも差し込む光が消えていくまでだった。

悪質な悪戯だと思っていたのに、未《いま》だに助けは来ない。

このままだと日が暮れてしまう。

（まさか、このまま一晩放置ってことはないわよね？　だって、私がいなければさすがにみんな気がつくはずで……）

そこまで考えて、ジュエルは行き先を誰《だれ》にも――マチルダ以外は誰も知らないことに気づいた。

しかもここはもう使われていない場所で、誰も近寄らない。

募る不安を煽《あお》るようにがさがさと音が聞こえ、ジュエルは飛び上がった。

ひょっとして、暗闇で見えないだけで、大きな虫がすぐ近くにいるかもしれないのだ。

ぞわぞわする体を抱きしめ、ジュエルはできるだけ小さくなった。

不安が不安を呼び、ジュエルはどんどん気弱になっていく。

（もし、もしかしてだけど、このまま誰にも発見されなかったら……）

そんなはずはないと思いたかった。

屋敷のみんなが心配して捜してくれるはずなのだ。

だが、これがマチルダの悪戯ではなく、計画的犯行だったら――そこまで考えて、ジュエルは最悪の事態を想像してしまった。

ブレイクもマチルダと共謀していたら、などといったものだ。

先代キャンモア侯爵の遺言状には、ジュエルが亡《な》くなった場合については書かれていなかった。

先代もそこまでは考えもしなかったのだろう。

（さすがに……殺されるなんてことはないと思いたいけれど、このまま行方不明扱いになってしまったら……？）

皆はジュエルの行方《ゆくえ》を心配するだろうが、ブレイクが捜す必要はないと言ってしまえば、それまでである。

このまま二年間閉じ込められることを想像して、ジュエルは震えた。

（違う。違うわ。そんなことあるわけないもの。ブレイクは意地悪だけど……そこまで残酷になれるはずないわ。きっとすぐに見つけてくれる……）

ジュエルはじわりと浮かんできた涙を必死に堪《こら》え、膝を抱えて救出される時を待ったのだった。

◇　◇　◇

ようやくマチルダが出ていき、ほっとしたブレイクは書斎でジュエルを待っていた。

だが、あまりに遅い。

不思議に思ってジュエルを捜し始めたが、なぜか見つからない。

後で話し合おうと伝えていたのだから、何も言わずに出かけるはずもないだろう。

そこでブレイクはマチルダを見送ったときに、ジュエルがいなかったことに今さらながら違和感を覚えた。

女主人であるジュエルは、どんなにマチルダが失礼でも客人としてもてなしていたのだ。

それなのに出発を見送らないのはおかしい。

嫌な予感がしてブレイクは急ぎプレム夫人を捜した。

プレム夫人なら知っているはずである。

「――ジュエルがどこか知らないか？」

「いいえ。お部屋にいらっしゃいませんでしたか？」

「ああ」

プレム夫人まで知らないことで、ブレイクの焦《あせ》りが募る。

ブレイクが他《ほか》の者たちへ視線を向けると、一人の従僕が手を上げ答えた。

「今日はおそらく村へ出かけられたのではないでしょうか。カゴをお持ちでしたから」

「いいえ、それは違うと思います。村を訪問されるのでしたら、差し入れを私がご用意いたしましたもの。ですが、特に何も聞いておりません」

「では、どこへ行ったんだ？」

従僕の言葉をプレム夫人が否定すると、ブレイクは苛立ったように再び問いかけた。

すると、メイドの一人がおずおずと進み出る。

「あの……奥様は薬草を摘みに行くとおっしゃっていました。その……あのご婦人がすぐにでも発《た》れることはお伝えしなかったので……」

馬車を今すぐ用意するようにと偉そうに命じられたメイドは腹を立て、ジュエルがカゴを持って声をかけてきたときに伝えなかったのだ。

奥様がわざわざあんな人のためにお気を遣われる必要はない、と。

「ああ、そういえば咳止《せきど》め用の薬に使う薬草がもう少なくなっていると昨日、お伝えしたから……」

「私も奥様が野原のほうへ向かわれるお姿を見ました」

思い出したようにプレム夫人が呟《つぶや》くと、新たにやって来たメイドが肯定する。

ブレイクは野原へ追いかけようかと思い、逸《はや》る気持ちを抑えて頷《うなず》いた。

「わかった。それでは彼女が戻ったら、話があるので書斎に来てくれるよう伝えてくれ」

これ以上騒いではジュエルが戻ったときに気まずいだろうと、ブレイクはゆっくりした足取りで書斎に戻っていった。

それから書斎にある鏡の前に立ち、改めて自分の姿を点検する。

ひげも剃り、髪も整え、クラバットもきちんと結んだ。

身だしなみを確認すると気持ちも落ち着き、先ほどのことを冷静に考えることができた。

ジュエルに発した言葉は悪手だった。

今すぐ取り消して、離縁など望んでいないと伝えなければならない。

遺産はいらないが、どうか最初からやり直させてほしいと。

ジュエルの恋人に関しては、しばらくは黙認しよう。――耐えることができればだが。

ブレイクは書斎机の前に座り、書類に目を通し始めた。

とはいえ、頭には何も入ってこない。

そわそわと待つところを知られたくなくて、ジュエルが入ってきたら仕事をしているふりをするためだった。

だが、ジュエルはなかなか来ない。

ブレイクはお茶を頼むふりをしてジュエルのことを訊《き》いた。

「まだ戻っていない？　少し遅くないか？」

「確かにそのようですね。あの野原は村の者たちも薬草を摘みに来ますからね。そこで話し込まれることもよくあるようですが……」

「危険な獣が出たりしないのか？」

「いえ、それは……ここ数年は管理人たちとしっかり取り締まっておりますので……とはいえ、様子を見に行かせましょう」

ルトールがわずかに言葉を濁したのは、ジュエルの弟を襲った猟犬のことが原因だろう。

おそらくあれ以来、領民たちのために取り締まりを強化し、領地を管理しているのだ。

あのとき、もしジュエルからの助けを求める手紙を読んでいれば。

そこまで考えて、ブレイクはその虚《むな》しさに気づいた。

すべて自分の幼く愚かなプライドのせいなのだ。

五年前ではなく七年前のあの夏、父親の面子《メンツ》をつぶしてやろうなどといった幼い反抗心を抱かず、はじめからきちんと話し合っていればすべてが違っていただろう。

ジュエルと会ったあのとき、なぜか無性に恥ずかしかった。

平気なふりをして大人《おとな》ぶっていたが、追いかけて言い訳をしたくて仕方なかった。

それなのにそんな気持ちに蓋をして、去っていくジュエルを見送るだけだったのだ。

きっとマチルダはすぐに気づいたのだろう。

私がジュエルを好きだと。

そこでブレイクははっとした。

今もまだプライドにこだわってこんなところで身だしなみを気にして座っている。

（私は馬鹿《ばか》か！）

自分を叱咤《しった》して立ち上がると、ブレイクは書斎を急ぎ出た。

そして玄関ホールで執事のルトールとかち合う。

ルトールはいつになく心配そうな様子だった。

「ルトール、どうした？」

「今、お呼びに伺うところでした。実は野原まで様子を見に行かせたところ、奥様は薬草摘みにはいらっしゃっていないと村の者たちが申しているそうです」

「別の場所の可能性は？　もしくは深入りして迷ってしまったなど……」

言いかけて窓の外を見たブレイクはぞっとした。

今の時期はあっという間に日が暮れる。

太陽の傾きから、すぐにあたりは暗闇に包まれるだろう。

しかし、ルトールは首を横に振って否定した。

「このあたり一帯のことは管理人よりも奥様はご存じだと言っても過言ではありません。ですから、奥様が迷うことはあり得ないかと……。ただ不測の事態が起きているのかもしれません」

ルトールの含んだ言い方にブレイクははっとした。

馬車の準備ができるまで退屈でも、あのマチルダがわざわざ庭に出て散策するようなことはしないはずだ。

何か目的があったとしか考えられない。

「念のために西側の庭とその奥周辺に人を多めにやって捜してくれ。厩《うまや》の馬は――」

「奥様はいらっしゃっていないそうで、馬も馬車のための二頭以外はすべているそうです」

「それでもホルロイドまで遣いを出してくれ。他に心当たりのある場所を手の空いている者で――いや、全員で捜すんだ。もちろん屋敷内も……倉庫などすべての場所を」

「かしこまりました」

「それと……マチルダを今すぐ追って、その場で引き留めておいてくれ。場合によっては他の者――御者たちの手を借りればいい。すべての責任は私が負う」

「すぐに一番速い馬と乗り手を用意いたします」

指示を一から出す必要もなく、ルトールはすでにあらかた動いていた。

さらに侯爵の地位である自分にしかできない指示を出すと、ブレイクも準備のために自室に向かった。

もっと歩きやすい靴に履き替えるためだ。

また念のために銃も携帯する。

本当はマチルダを疑いたくはなかった。

長年友人だと思っていたのだから。

それでも最後に吐き出された言葉はジュエルへの恨みが込められていた。

ジュエルは関係ない、すべてはブレイクに責任があるにもかかわらず。

ブレイクはあのときすぐにジュエルを捜しに行かなかったことを後悔しながらも、自らカンテラを持って外に出た。

まだ外は明るいが、陽《ひ》が沈んだ場合に取りに戻る時間が惜しい。

一瞬、ジュエルが以前恋人と別れを惜しんでいた場所へと向かいかけ、足を止めた。

ジュエルがどんなに彼のことが好きだったとしても、皆に心配をかけてまで会うようなことはしないだろう。

ブレイクはマチルダが最後に現れた方向——西側の庭へと向かいかけ、ふとあのときの姿を思い出した。

マチルダはこんな田舎《いなか》にはふさわしくない蠱惑《こわく》的な装いをしていた。

だが、スカートの裾には切れた蔦《つた》が引っ掛かっていたのだ。

そのような場所にマチルダが足を運ぶとは思えない。

そこでブレイクははっとした。

あの蔦がスカートに絡《から》みつくほど繁殖している場所はあそこしかないはずだ——あの森の貯蔵庫入り口付近。

貯蔵庫は屋敷からは近いが少しわかりにくい場所にある。

以前、誰かに聞いたのか、マチルダからその場所に行きたいと言われたこともあった。

ブレイクは急ぎ踵《きびす》を返して森へと走った。

ルトールの驚き呼ぶ声も聞こえたが、足を止めることなく森に入ると、脇道を進む。

大木が両脇から覆い被さるように枝を伸ばし、貯蔵庫の入り口付近は周囲より暗い。

知らない者ならば見つけられなかっただろう。

「ジュエル！　ジュエル！」

　大声で呼びながらカンテラに光を灯《とも》すこともなく扉に近づく。

　しかし、応《こた》える声はなく間違いだったかとブレイクは諦《あきら》めかけながらも手探りに近い状態で閂《かんぬき》に手をかけた。

「……ク？」

「ジュエル！　ジュエルなのか⁉」

　扉の向こうから、か細い声が聞こえる。

　ブレイクはささくれ立った閂から出る棘《とげ》が刺さるのも気にせず掴《つか》むと、勢いよく引き抜いて放り投げ扉を開けた。

「ジュエル！」

「……ブレイク？」

　入り口近くに座り込んでいたジュエルは、眩《まぶ》しそうに目を細め、かすれた声でブレイクの名を呼んだ。

　薄闇に包まれた周囲も、真っ暗な中に閉じ込められていたジュエルには眩しいようだ。

　ブレイクはジュエルに近づくと安堵《あんど》のあまり抱きしめた。

「ジュエル……よかった。本当に無事でよかった……」

「ブレイク……私を捜してくれたの？」

「当然だろう！　どうしてそんなことをっ――いや、もう今はとにかく屋敷に戻ろう。怪我《けが》はないか？」

「――ええ、大丈夫……」

ジュエルを抱きかかえて起こすと、ふらつきながらも立ち上がる。

その弱々しい姿に、様々な感情が一気に込み上げてきたブレイクは再びジュエルを抱きしめた。

自分のせいでジュエルにこんなつらい思いを――今日だけでなくずっとさせてしまったことを考えれば、彼女に触れる資格さえない。

それでもどうしてもあふれ出る感情を抑えられなかった。

「ブ、ブレイク？」

「好きだ」

「……え？」

「私はジュエルが好きだ。どうしようもなく好きだ」

ジュエルは今起きていること、耳にしたことが信じられなくて言葉を失った。

やはり自分はまだ閉じ込められたままで夢を見ているのではないかと。

だがあれだけ寒くて暗くて怖かったのに、今はブレイクに温かく包まれている。

「前言撤回させてくれ。離縁はしない。したくない。君に恋人がいてもかまわない。どうかチャンスをくれないか？　少しでも、ほんのわずかでも可能性があるなら諦めたくないんだ」

「あの、何を言って……」

「ずうずうしいことを言っているのはわかっている。父の遺産も今すぐ権利を放棄する。それでもどうか、君の夫でいさせてほしい」

徐々に頭がはっきりしてきたジュエルは、ブレイクの言う〝恋人〟の意味がわからなかった。

しかも遺産を放棄するなどとんでもないことまで言っている。

さらには「夫でいさせてほしい」などと耳を疑うようなことまでブレイクは口にした。

本当にこれはブレイクなのだろうかと、やはり夢ではないかとまで思い始めたとき、遠くからジュエルとブレイクを呼ぶ何人かの声が聞こえた。

その声はだんだんと近づいてくる。

「ブレイク、みんなが……」

「――ああ、そうだな。皆が心配して捜していたんだ。すまない、歩けるか？」

ブレイクは名残《なごり》惜しそうにジュエルを離すと、確認するように全身を眺めた。

ジュエルが先ほどまで疑っていたのが申し訳なくなるほど、ブレイクは心配して大切に扱ってくれている。

「ええ、大丈夫よ」

喉は渇いているが、しっかり声が出せるようになったジュエルは力強く頷いた。

それでもブレイクはジュエルの腰に手を当てて支えるように、貯蔵庫から出て脇道を数歩進むと皆の声に応えた。

その頃にはジュエルの足取りもしっかりしてきており、ブレイクは腰ではなく手を握った。

そこではっとする。

「怪我をしているではないか！」

「え……？」

ジュエルの手を握れば、乾いている部分もあるが間違いなく出血しているようで、ざらざらとしていた。

ブレイクは驚きと心配で責めるような声を出してしまったことを後悔したが、ジュエルは本当に気づいていないようだ。

おそらく極度の緊張と解放されたことの安堵とでわからないのだろう。

再びジュエルの腰に手を当て、まだ明るい場所へと——散策道へと導いた。

そこでカンテラにすでに火を灯した者たちと出会う。

ジュエルの手は扉を何度も叩《たた》いたせいで擦《す》り剝《む》けてしまっているようだ。

しかも体当たりもしていたのか、肩も衣服が擦り切れている。

「……後でかなり痛むことになるな。すまない、ジュエル」

「迂《う》闊《かつ》な私が悪かったの。だから謝らないで」

ブレイクは駆けつけた者たちに医師を呼ぶように、ジュエルが見つかったと皆に知らせるようにそれぞれ指示を出すと、謝罪の言葉を口にした。

ジュエルはまだふわふわした気分で痛みも感じず、ブレイクに大丈夫だと微笑《ほほえ》んでみせた。

本当に謝罪しなければならないのはジュエルのほうだろう。

ブレイクを疑い、殺されるかもしれないとまで考えたのだから。

だが、先ほどの悪質な悪戯はマチルダの独断だったようだ。

そのことにほっとしたジュエルだったが、ブレイクは苦しそうに顔をしかめた。


やがて屋敷が見えてくると、ジュエルは安堵から再び涙が込み上げてきた。

一時はもう二度と帰ることができないのではないかと諦めもしたのだ。

そういえばマチルダはどうしているのだろうと思ったところで、ブレイクが突然足を止めた。

腰に回された手にぐっと力が入ったのがわかる。

「ブレイク……？」

不思議に思ってブレイクの視線の先を追う。

屋敷前には多くの人たちが集まっており、それだけ騒ぎになってしまったのだとジュエルは申し訳ない気持ちになった。

その中で頭一つ出ている人物がジュエルたちに気づき、こちらに向けて駆けだした。

「ジュエル、彼は――」

「姉さん！」

「……え？」

「セネット、ダメよ！　急に走っては――っ！」

ジュエルはブレイクの腕の中からセネットへと駆け寄り、抱きしめられて声を詰まらせている。

そんな二人を見つめながら、ブレイクは今知った情報に唖然《あぜん》としてしまっていた。

安堵が体中を駆け抜けていく。

「――セネット様。ご心配されるのはわかりますが、ひとまず屋敷に戻りましょう。奥様は怪我をされているようですから」

「怪我……？　姉さん、痛むだろ⁉　大丈夫なのか⁉　早く言ってくれないと！」

「あなたが言わせてくれなかったんじゃない」

「ご、ごめん、姉さん……」

ルトールの言葉をきっかけに始まった姉弟のやり取りはとても和《なご》やかなものだった。

ブレイクは疎外感を覚えながらも、どうにか気を取り直して声をかける。

「ジュエル、とにかくルトールの言うように屋敷に戻ろう」

「侯爵様……」

「侯爵様？」

セネットははっとしてブレイクを見た。

その視線は怒りに満ちている。

だが何も言うことはなくブレイクに背を向けると、ジュエルを守るようにそのまま屋敷へと向かった。

「セネット！」

本来なら侯爵相手に挨拶《あいさつ》もなく立ち去るなど、不敬極まりない。

ジュエルはセネットを叱るように呼んだが、セネットは無視し、ブレイクもまた何も言わずに二人を追った。

14

「――ジュエル、疲れているところを申し訳ないが、今日あったことを話してくれないか？」

「え、ええ。だけど……」

怪《け》我《が》の手当ても終わり、温かいお茶を飲んで一息ついたところで、ブレイクは切り出した。

部屋にはブレイクとジュエルの他《ほか》にはセネットだけである。

質問に答えようとしたジュエルのためらいに、今さらブレイクはマチルダがすでに発《た》ったことを話していないと気づいた。

「すまない、ジュエル。マチルダはもうここにはいない。マチルダには出ていくようにと伝えていたんだ。昨日になってようやく、明日出ていくと約束したんだが……。それから今朝は今すぐ出ていけと命じた。おそらくその腹いせに、君を貯蔵庫に閉じ込めたんだろう。違うか？」

「本当に……？」

「ああ。そのことについては後で話したいと思う。だが今は正確な話が聞きたい。君がいないと気づいてから、マチルダを追わせていたんだ。先ほど知らせがきて、マチルダを隣の伯爵領で拘束したそうだ。彼女が何をしたのか知らなければ、罪に問えない」

「罪に……」

「ああ。彼女は君に——侯爵夫人に害をなしたんだ。それどころか、屋敷からいくつかの美術品を持ち出していたらしい。盗みまで働いたのだから、きちんとした裁きを受けさせる」

　ブレイクがジュエルのことを『侯爵夫人』と言うと、セネットが鼻を鳴らした。

　ジュエルは声に出してこそ注意しなかったが、隣に座るセネットの腕をペシンと叩《たた》く。

　セネットは拗《す》ねたようにジュエルを見たが、結局は何も言わなかった。

　ブレイクはその親密なやり取りを羨《うらや》ましく思い、もし自分に兄弟がいれば——とまで考えてすぐに否定した。

　そんなことは自分の行いの言い訳にはならない。

　ブレイクは伏せていた目をまっすぐにジュエルへ向け、話を促した。

「……大したことではないの。ただ、お昼前に薬草を摘みに野原に向かっているとき、マチルダから声をかけられて……。あなたから話があると——誰《だれ》にも聞かれたくない話だから森の貯蔵庫で待っていると、伝言を告げられたの」

「それでのこのこついていったの？　姉さん、それはいくら何でも不用心すぎるよ」

「ついていったわけじゃないわ。それに……」

　呆《あき》れたようにセネットに言われて、ジュエルはむっとして言い返した。

　だがそこで言葉に詰まり、ちらりとブレイクを見てから再び目を逸《そ》らす。

「マチルダは貯蔵庫の場所を知らないようだったわ。だから私一人で向かったの。扉も開いていたから、先に侯爵様が入って待っているのかと思って……いきなり扉を閉められたの」

「後をつけたってことか……」

閉じ込められた経緯がわかり、三人は黙り込んだ。

きちんと話してみるとあまりに間抜《まぬ》けでジュエルは恥ずかしかった。

そんなジュエルに追い打ちをかけるように、セネットがため息交じりに言う。

「それにしたって、そんな場所で二人きりで話したいだなんて、疑うべきだよ」

「それはだって侯爵様が……直前に、離縁したいと言っていたから……」

「え？　それは本当なんですか？」

「あ、ああ……」

きつく睨《にら》みつけてくるセネットの視線よりも、目を合わせようとしないジュエルが気になりつつブレイクは頷《うなず》いた。

否定したくてもまぎれもない事実なのだ。

ずっとジュエルを苦しませたのも、今回の騒動さえも、すべてブレイクの責任だった。

だから、助け出したときに名前で呼んでくれていたジュエルが、また敬称で呼ぶようになっていることにも、寂しく思う資格はない。

「ジュエル——」

「僕は賛成です。侯爵様は遺産を相続したいがために姉と無理やり結婚したんですよね？　その遺産もいらないとおっしゃるなら、さっさと姉と離縁してください。別に姉は財産が欲しいわけじゃないんです。相続を放棄すれば、おそらく弁護士の方が上手く処理してくださるでしょう？　姉さんは僕と一緒に暮らせばいいよ。ヤシナンなんて行かなくていい」

「セネット……」

改めてジュエルに謝罪しようとしたブレイクの言葉はセネットのはっきりした意見に遮られてしまった。

ジュエルはセネットの言葉に安堵《あんど》しているように見える。

「ま、待ってくれ。違う、そうじゃないんだ！」

「遺産はやっぱり欲しいとおっしゃるんですか？」

「そんなものはいらない！　私が欲しいのはジュエルだ！」

このままではジュエルと本当に離縁することになってしまう。

焦《あせ》ったブレイクは何も考えずに叫んでいた。

ジュエルとセネットの驚く顔を見て、はっと我に返ったブレイクは羞恥《しゅうち》と自分の無策さに顔を覆った。

「……すまない」

「いえ……こちらこそ……」

セネットは世間で噂《うわさ》されるブレイクと目の前のブレイクとのあまりの違いに戸惑い、もごもごと答えた。

ジュエルはただただ信じられなくて言葉もないようだ。

ブレイクはしばらく顔を覆ったまま己の愚かさを呪《のろ》った。

それでもここで――ジュエルの家族であるセネットの前で改めて告白するべきだと、顔を上げた。

「――マチルダのことでは本当に申し訳なかった。すまない。ここからは言い訳にしかならないが聞いてほしい」

「……どうぞ」

「……」

ブレイクは座ったままではあるが頭を下げて謝罪の言葉を口にした。

セネットは続きを促してくれたが、ジュエルは無言で顔を伏せている。

だが怯《ひる》むまいと、今まで逃げてきた分、ここではっきりさせなければとブレイクは口を開いた。

「世間ではいろいろと言われているが、マチルダとは七年来の友人だった。七年前のあのとき――父が婚約者候補を集めていると知らせてきたとき、友人たちに愚痴《ぐち》ると、当時友人の愛人だったマチルダが父の前で私の愛人のふりをしてくれたんだ」

「くだらないですね」

「ああ。本当に……。あの当時は父への反抗心と王都での生活が楽しくて、大切なものが何かまったくわかっていなかった。そして拗《こじ》らせたまま大人《おとな》になり、今に至るわけだ」

セネットの無礼な言葉にもブレイクは神妙に頷いた。

そして深くため息をついて続ける。

「マチルダはずっと、都合のいいときに愛人のふりをしてくれる友人だった。少なくとも私はそう思っていたんだ。もちろん、世間で噂されることが全部嘘《うそ》だとは言わない。本当のこともある。ただマチルダが……まさか、私の許《もと》に手紙や遣いが届かないように手を回しているとは気づかなかった。本当に間抜けだよ、私は」

「……手紙も遣いも？」

驚いたジュエルは顔を上げて問いかけた。

「ああ。私自身、拒んでいたのも事実だ。それでも、マチルダがあのように勝手に振る舞うことは許せることではない。私は父の最期に傍《そば》にいることもできなかったのだから……」

「ブレイク……」

苦しそうに吐き出すブレイクを、ジュエルは慰めたかった。

そのせいか、つい名前で呼んでしまっていたことにも気づかなかった。

もちろんブレイクは気づいたが、湧き上がる喜びを隠して続ける。

「今までのことがマチルダのせいとも言わない。すべてが自業自得なんだ。だが、そのせいで君を責めたこと、冷たく当たったことを謝罪したい。ジュエル、本当にすまなかった」

「いえ……それはもう……」

深々と頭を下げ再度謝罪するブレイクに、ジュエルは首を振って答えた。

どんなにいがみ合っていても、やはり実の父親なのだ。

ジュエルは両親も先代侯爵も最期のお別れを言うことができた。

とても悲しくはあったが、後悔はない。

それを思うと、ブレイクを無神経に責めたことを反省したものの、なんと声をかければいいのかわからなかった。

「あの女が――いや、とにかくいろいろな誤解があったことはわかりました。そのことについてはお二人の問題でもありますから僕が口を出すことではありません。ですがこれからのこと――姉との離縁についてはホルロイドの家長として、唯一の家族として口を出す権利があります。僕は先ほども申しましたとおり、お二人が離縁することを望んでいます」

「セネット……」

十五歳らしからぬセネットの言葉にジュエルは驚いた。

今までは守ってやらなければと思っていたのに、セネットはジュエルを守ろうとしてくれている。

いつの間にこんなに大きく――体だけでなく成長したのだろうと、ちょっとした感傷にふけってしまったが、ブレイクの声に現実に引き戻された。

「私は……先ほども言ったように離縁したくない。もちろん父の遺産が惜しくて言っているわけではないんだ」

「ですが、姉に離縁を告げたのでしょう？」

「あれは……ひどく混乱していたんだ」

「混乱？　それは――」

「セネット、もう黙って。あなたが私に責任を感じてくれているのも心配してくれているのもわかっているわ。だけど、やっぱり私のことは自分で考えたいの」

さらにブレイクを問い詰めるセネットをジュエルは止めた。

もう何度も期待しては打ちのめされているのに、それでもまだジュエルの心は期待してしまっているのだ。

セネットはしぶしぶながらも引いて、ブレイクを睨むように見た。

「私は子どもの頃《ころ》からずっとジュエルが好きだった」

まっすぐに見つめられたままブレイクに告白されて、ジュエルは息をのんだ。

隣ではセネットが白けたように鼻を鳴らす。

「だが、そのことに気づいたのも最近なんだ。本当に愚かでしかないが……今まで必要以上に冷たく当たっていたのも嫉妬《しっと》だと。それに……」

ブレイクはそこで口ごもり、ちらりとセネットを見た。

セネットは普段の温和な姿からは想像できないほど、居丈高《いたけだか》な態度でブレイクを見返す。

しかしそれは姉を守ろうとしているためで、虚勢を張っていることはジュエルにはわかっていた。

――おそらくブレイクにも。

「昨日、君たちが屋敷に続く道で話しているのを見たとき、あまりにもその、仲が良さそうで……姉弟だから当然だが……まさか君がジュエルの弟とは思わず、恋人だと勘違いしたんだ」

「僕と姉さんが？」

「ああ。私の記憶の中では、君はまだ幼いままだったから」

セネットはブレイクが気まずそうに話す内容に驚きすぎて、いつもの調子に戻っていた。

確かにセネットはあれだけの大怪我を負いながらもぐんぐん背が伸びたこともあり、もっと年上に見える。

ジュエルもまた驚きながらも昨日のことを思い出した。

この近辺の人たちはみんなセネットのことをよく知っているので特に気にしなかったが、ブレイクが誤解したのも仕方ないのかもしれない。

「だから昨夜……ジュエルに恋人が――好きな男がいるのなら、この望まない結婚から解放しなければならないと、離縁するべきだと考えた。だが朝になってやはり諦《あきら》めるべきではないと、今までのことをきちんと謝罪してチャンスが欲しいと伝えるつもりが、帰宅した途端にジュエルと顔を合わせたことで気が動転して、馬鹿《ばか》なことを口走ってしまったんだ」

「それで……」

いきなり離縁を申し渡されたときにはショックだった。

先にマチルダに言われていたから余計に。

思わず呟《つぶや》いたジュエルに、ブレイクは申し訳なさそうに頷いた。

「それなのに、宿屋でやけ酒を飲んで酷《ひど》い身なりのまま君に――ジュエルに許しを請《こ》うのも、愛の告白をするのもふさわしくないと……馬鹿なことを気にして後回しにしてしまった。しかも先にマチルダを追い出さなければと彼女に伝えに行き、口論になった。そのとき真相を聞いて自分の愚かさを思い知らされたよ。マチルダは君に、この屋敷でも私が、その……ベッドを共にしていると思わせたと言っていたが、そんなものは嘘だ」

ブレイクは必死に打ち明けながらも、途中でセネットを窺《うかが》い口ごもった。

まだ十五歳のセネットに聞かせる話ではないと思ったのだろう。

それでも言わずにはいられなかったようだが、ジュエルはあまりに多くの情報に混乱してしまっていた。

「そう、なの……？」

「当然だよ！　たとえマチルダが恋人だったとしても、私は結婚したんだ。そんな非常識なことはしない。だが、君にマチルダとの本当の関係を説明せず、手紙を送ったことは悪手だった」

ようやく答えたジュエルに、ブレイクは勢いよく肯定した。

確かに、あの夜のマチルダはブレイクの寝室の扉の前に立っていただけで、出てきたところを直接見たわけではない。

今さらブレイクが嘘を言っているとも思えなかったが、続いた言葉にジュエルは警戒した。

「マチルダは、あなたから手紙が届いたと……」

そこまで言いかけて、ジュエルはようやく気づいた。

あのときのマチルダは、ブレイクから手紙が届いたので駆けつけたとは言っていたが、ジュエルが招待されたのかと問いかけてもはっきりとは答えなかったのだ。

「ああ。手紙には今までの友情に感謝する内容を書いて、これ以上の協力はもう必要ないと書いた。その謝礼として、貸し与えていた屋敷の権利書とそれなりの金額の小切手を同封してね」

「それなのに押しかけてきて、二人の仲を邪魔したあげく、姉さんを危険な目に遭わせたってわけ？　とんでもない悪女だな！」

思わずといった調子でセネットが驚愕《きょうがく》の声を漏らしたが、ジュエルも実際に目の当たりにしていなかったら信じられなかっただろう。

ブレイクは悔恨に表情を曇らせて頷く。

「そのとおりだな。だが、マチルダの本性を見抜けなかった私が一番悪い。まさかマチルダが君に危害を加えるなんて思いもせず、客人として丁重《ていちょう》に扱っていたなんて愚か者の極みだよ。ジュエル、君を危険にさらしてしまって、本当に申し訳なかった」

「それはもう気にしないで！　ブレイクが見つけてくれて、こうして無事だったんだから！」

これ以上頭を下げるブレイクを見ていたくなくて、ジュエルは慌てた。

正直なところ、閉じ込められているときは恐怖のあまりどうにかなりそうで、ブレイクのことも疑ってしまったのだ。

しかしセネットはいつもの調子に戻ったのか、温和な表情で微笑《ほほえ》んだ。

「僕はやっぱり侯爵様のことを許せないな」

「セネット！」

「だけど、やっぱり姉さんには幸せになってほしいんだ。だから二人の関係――ここから先は僕が口を出すことはやめておくよ。あとは二人でじっくり話し合ってください。僕はもうお腹《なか》が空いちゃった」

そう言って立ち上がったセネットは十五歳らしく見える。

だがジュエルには今までで一番大人びて見えて、寂しいような嬉《うれ》しいような複雑な気持ちだった。

「ありがとう、セネット君」

「いえ、僕は何もしていません。ただまた姉さんを泣かせたら、侯爵様だろうと誰だろうと絶対に容赦しませんから」

「セネット、失礼よ！」

「ジュエル、いいんだ。彼には当然の権利だよ」

ブレイクは怒るどころか、出ていくセネットに握手を求めた。

セネットは一人前として認められたのが嬉しいのか、照れくさそうにブレイクと握手をしてからジュエルを励ますように片目をつぶってみせる。

そしてセネットが出ていき二人きりになると、ジュエルはそわそわとして視線を泳がせた。

「私も……セネット君ぐらいしっかりしていれば、こんなにも時間を無駄にせずに――後悔もせずにいられただろうな」

「ブレイク……」

「もちろんセネット君はしっかりせざるを得なかったというのもあるだろうが……結局は私の甘えでしかない」

そう言い切ると、ブレイクは部屋に飾ってあった花瓶を抱えた。

花瓶には色とりどりの花が生けられている。

その花は今朝ジュエルが摘んだもので、いったいブレイクは何をするつもりなのかと、セネットが出ていってから立ったままのジュエルは唖然《あぜん》として見ていた。

すると、ブレイクがその足下に跪《ひざまず》く。

「ブレイク!?」

「私はもう何度も君を怒らせ、苦しめ、悲しませてしまった。それなのに、さらにまた苦しめてしまった。今回のことは本当に酷く、花を贈るだけでは許されるものではない」

「そんなことは……」

「しかも、これは君自身が摘んだ花で、私は自分で摘むという約束さえも果たせないでいる」

ジュエルにはもう何が何だかわからなくなっていた。

ブレイクは跪いて抱えるほど大きな花瓶ごとジュエルに花を差し出しているのだ。

「……これは、どういう状況なの？」

「今までの謝罪と懇願だ」

「懇願？」

「今すぐ好きになってくれとまでは言わない。だが、せめて友人としてやり直してほしい」

「それが、花瓶ごと差し出すことなの？」

「今は野に花を摘みに行く時間も惜しいほどに、君から離れたくないんだ。だから申し訳ないが、これで代用させてほしい」

おそらく他人が見たらかなり間抜けな状況だろう。

ジュエルもはじめは冗談なのかと思ったが、ブレイクは真剣だった。

「……わかったわ」

「ありがとう、ジュエル」

ジュエルもまた真剣に答えて花瓶を受け取ると、ブレイクは嬉しそうに微笑んだ。

本当はジュエルも好きだと伝えたかった。

しかしその言葉を口にする勇気が出なかったのは、また期待して裏切られるのが怖かったからだ。

今は罪悪感と後悔、懐《なつ》かしさでジュエルのことを好きだと思い込んでいるだけではないか。

いつかまたこの田舎《いなか》に飽きて、王都の華やかな生活——美しい女性たちに心が移るのではないかと。

そして、侯爵家にふさわしい良家出身の素直で純真な女性との結婚を、今度こそ望むのではないかとジュエルが心の内で葛藤《かっとう》していると、跪いたままのブレイクが口を開いた。

「ジュエル、ずうずうしくももう一つ願いがある」

「何でしょうか？」

「これからも、名前で呼んでほしい。敬称呼びは他人行儀すぎないか？」

そう言われてようやくジュエルは先ほどからブレイクを名前で呼んでいたことに気づいた。

確かに今さら意地を張るのは馬鹿馬鹿しすぎる。

「それもそうね。では……ブレイク、もういい加減に立ち上がってくれる？」

ジュエルはくすりと笑って花瓶を片手で抱え、ブレイクを立ち上がらせようと手を差し出した。

その手をブレイクは取り、跪いたまま優しく口づける。

花瓶を抱えていても、まるでジュエルが幼い頃から夢見ていた光景に思えた。

いつか王子様が迎えに来てくれる。

その夢の王子様はいつもブレイクだった。

だけど現実になると信じられなくて、失うことがとても怖い。

ジュエルは痛いほどときめく胸を押さえ、微笑むブレイクに微笑み返した。

15

「おはよう、ジュエル。今日も素敵だね」

「……おはよう、ブレイク。今日もありがとう」

ブレイクが一輪の野花を差し出しながら朝の挨拶《あいさつ》をすると、ジュエルは微笑《ほほえ》みながら受け取った。

あの日から一年と十か月。

ジュエルはブレイクの願いを聞いて名前で呼ぶようになった。

だが二人が夫婦として変わったのはそれだけ。

普段は和《なご》やかに会話し、昼間は一緒に領地を見回り、夜は食事をして別々の部屋へと戻る。

このままでは、遺言の条件を満たす二年の結婚生活を終えたとき、ジュエルから離縁を言い出すのではないかとブレイクは焦《あせ》っていた。

チャンスはもらったのだから、あとはどれだけ自分の気持ちが本物か、ジュエルに伝えるだけだ。

そうすればいつかはジュエルも好きになってくれるかもしれない。

それを〝洗脳〟と人は言うかもしれないが、ブレイクはもうなりふり構ってはいられなかった。

一方のジュエルも悩み苦しんでいた。

遺言では一緒に過ごすようにとあったが、本当に毎日ほとんどの時間をブレイクと一緒に過ごしているのだ。

ブレイクは昔のように温かくて優しく、また何度もジュエルの心を揺るがす言葉を口にする。

何より、こうして毎朝花を贈ってくれていた。

期待してはダメだと、ブレイクは罪悪感からよき夫になろうとしてくれているのだと言い聞かせるのだが限界だった。

信じてしまいたい。

このまま心をゆだねてジュエルも本当の気持ち――好きだと言ってしまいたい。

本当ならば、あの日のブレイクからの告白に応《こた》えてしまえばよかったのだ。

だが一度タイミングを逃してしまってからは、どうしても上手《うま》く伝えることができなくなっていた。

「ジュエル、今日はホルロイドの地に行く予定だったかな？」

「え、ええ」

「それなら私も久しぶりに一緒に行っていいだろうか？」

「――もちろんよ」

あの放牧場沿いの道を二人きりで進むのかと思うと緊張したが、ジュエルはどうにか微笑んで答えた。

もうすぐ約束の二年がくる。

遺言では王都での社交生活をジュエルに体験させるようにとなっていたが、ブレイクに誘われても強く固辞していた。まだ喪に服しているから、と。

しかし、そんなものはただの言い訳でしかない。

本当は華やかな社交界に出ることで夢から覚めてしまうのではないかと怖かったのだ。

もちろん社交界にマチルダはもういない。

あのときブレイクはマチルダに厳罰を望んだのだがジュエルが拒んだため、本来なら社交界に返り咲くこともできたはずだった。

ところが、マチルダは王都に戻るなり、ジュエルだけでなくブレイクについてまで悪辣《あくらつ》な噂《うわさ》を流し始めたのだ。

ブレイクから屋敷の贈与手続きさえも止められて、逆恨《さかうら》みしたのだろう。

それを新聞記事で知ったブレイクは、直ちに新聞社に抗議して訂正記事を書かせ、誰《だれ》だろうとこれ以上大切な妻の名誉を汚すなら決闘も辞さないと宣言した。

すると、今度はマチルダのこれまでの悪行がどこからともなく暴露されてしまい、社交界から締め出されてしまったらしい。

ジュエルがマチルダへの処罰を望まなかったのは、別に優しさからではなかった。

マチルダを処罰することによってブレイクの心に少しの負担もかけたくなかったのだ。

だが結局、あまり上手《うま》くはいかず、ブレイクは何か言いたげにジュエルを見ていることがあった。

それなのにジュエルは別れを切り出されるのが怖くて、ずっと気づかないふりをしている。

（でもいつまで逃げるつもりなの？）

出かける支度をしていたジュエルは、自分にそう問いかけた。

たとえ罪悪感からでもずっと傍《そば》にいてくれ気遣ってくれる相手に心を閉ざしてしまっている。

いつのまにかジュエルは臆病になっていたらしい。

過去ばかり見て、未来に目を向けようとしなかったのだから。

そしてこのまま二年の期間を終えたとき、ブレイクが離縁を切り出しても恥をかかないように自分を守っていたのだ。

（くだらないプライドね……）

鏡の前に立って自分を見つめ、にっこり笑った。

王都の美しい女性たちにはとうてい敵《かな》わないが、それでも自分らしくいればいい。

ジュエルは突然目の前が晴れたような気分だった。

（今夜、夕食の席で気持ちを打ち明けるわ！）

ジュエルは強く決意すると、ブレイクが待っているだろう一階へと下りていった。

◇　◇　◇

ブレイクは馬をゆっくり歩かせながら、並んで進むジュエルをちらりと見た。

今までと何かが違う。

どことなくぎこちなかった態度が変わり、昔のジュエルに戻ったようで晴れ晴れとして見えるのだ。

ひょっとしてもうすぐ二年になることで、ジュエルは離縁を切り出すつもりなのだろうか。

そんなことを考えてブレイクはどんどん気持ちが沈んできていた。

「……ねえ、ブレイク。よければ、セネットに会う前にあの湖の様子を見に行かない？」

「ん？　あ、ああ。もちろんかまわないが、気をつけて行こう」

「そうね」

先ほど出会った領民のハンソンから、先日の嵐のせいか湖へ続く小道に倒木があると聞いたところだった。

特に生活に支障があるわけではないが、放置しておくのもよくない。

ジュエルは様子を見てから、セネットと処理について相談するつもりなのだろう。

（相談か……）

ジュエルとセネットはブレイクがいないときでもよく会っている。

ひょっとして自分のことも相談しているのだろうかと、ブレイクは考えた。

セネットとは一応良好な関係を保っていると言ってもいいだろう。

それでもまだまだ他人行儀なのは、ジュエルがブレイクに対してどことなく距離を置いているせいかもしれない。

（やはりジュエルのことは諦《あきら》めるべきなのだろうか……）

ジュエルは王都の奔放な既婚女性たちと違い、夫以外に目を向けようなど考えもしないはずである。

要するにブレイクはジュエルの出会いを奪っているのだ。

そろそろジュエルを解放するべきかもしれないと考えながら、ブレイクは目の前の倒木に注意を向けた。

「――これは人手がいるな」

「ええ。思っていたより大きな木ね」

「男手が五人ほどいれば半日で片付けられるか……」

馬を下りて二人で大きな倒木に近づき、周囲やその先の道も簡単に確認する。

倒木を叩《たた》いて中身を確認するブレイクの姿に、ジュエルは場違いにもときめいていた。

この二年、領地にいたブレイクはすっかり日に焼けて逞《たくま》しくなり、さらにかっこよくなっている。

ぼうっと見惚《みと》れていたジュエルはぬかるみに気づかず、足を取られて転んでしまった。

「きゃあっ！」

「ジュエル！」

ぬかるみにはまって汚れ、顔にまで泥が飛んだジュエルは、さぞみっともないだろう。

だがブレイクは磨き上げられたブーツも仕立てのいい衣服も汚れることを厭《いと》わず、ジュエルのもとに膝《ひざ》をついた。

「ジュエル、怪我《けが》はないか？　足が痛んだり、腰が痛んだりは？」

「だ、大丈夫よ……」

「そうか。だが後から痛む場合もある。一度戻ろう。立てそうかい？」

「ええ……」

心配そうに顔を曇らせ、ジュエルが大丈夫そうだと知ると、ブレイクはほっと息を吐いた。

そして立ち上がるために手を貸そうと差し出してくれる。

その手を見て、再びブレイクの顔を見上げたジュエルは込み上げる気持ちをもう抑えられなかった。

「ジュエル？　やっぱりどこか痛むのか？」

「――好き」

「好き？　それは……え？」

「私はブレイクが好き。ずっと、本当は子どもの頃《ころ》から、ずっと好きなの！」

ブレイクは突然の告白に驚いたようだったが、ジュエルは止めることができなかった。

ただ明らかな戸惑いが伝わり、言い切ってから怖くなって目を閉じる。

ブレイクの困った顔は見たくない。

ぬかるみに座り込んだまま俯《うつむ》いたジュエルは、大きな胸に抱き寄せられて驚き顔を上げた。

「ブレイク、あなたまで汚れてしまうわ！」

「待ち望んでいた言葉をようやく君の口から聞くことができたんだ！　こんな……こんなときに服なんてどうでもいいよ……」

ブレイクの声はかすかに震えているのに、抱きしめる腕はとても強い。

ジュエルもまた汚れなど気にすることをやめて、ぎゅっと抱きしめ返した。

「好きだ、ジュエル。愛している」

「わ、私も――」

「愛してる」の言葉はブレイクの唇によって遮られてしまった。

初めてのキスは泥だらけの中で、顔を離してお互いを見つめた二人は噴き出した。

ジュエルだけでなくブレイクさえも顔に泥がついていたのだから。

その後、セネットには驚き心配され、プレム夫人には叱られもした。

だけど、みんなが心から通じ合ったジュエルとブレイクを祝福してくれたのだった。

エピローグ

結婚式を挙げてからちょうど二年。

特別な結婚記念日をみんなで祝った翌日の午後、弁護士が相続の手続き書類を持って訪れた。

ところがブレイクは先代侯爵の遺産を放棄しジュエルへ譲ると言い出した。

「確かに、はじめはジュエルに財産を渡したくなくて無理やり結婚させてしまった。だが今は違うと、ジュエルを愛しているからこそ結婚を続けたいのだと知ってもらうためにも必要だと思う」

「そんな必要はないわよ。私はもうあなたを信じているもの」

「ジュエル……」

感激したようにブレイクはジュエルの手を取り口づけた。

ジュエルは頬《ほお》を染めながらも微笑《ほほえ》み、見つめ合う。

ここ最近、隙《すき》さえあればすぐに二人きりの世界に入るのだが、今日は弁護士の咳払《せきばら》いで現実に引き戻された。

そこからさらにジュエルや弁護士が説得し、二年前に始まった遺産相続の手続きは終わりを迎えた。

「わかってはおりましたが、ずいぶん仲良くされているようですね。私も牧師様も大変満足しております。そして先代様もね」

弁護士は満面の笑みを浮かべながら、テーブルの上に新聞を置いた。

そして帰り支度をしながら言う。

「本日発刊された主要新聞には、先代様からの最後の遺言が記載されております」

「最後の遺言？」

「はい。こちらは王都から特別に取り寄せたものです。もちろん明日にはこちらにも届くでしょう」

ジュエルとブレイクは、今度は驚きに顔を見合わせた。

そんな二人を見て、悪戯《いたずら》が成功したようなしたり顔で弁護士は立ち上がった。

「それでは私はこれで失礼させていただきます。見送りはけっこうですので、どうぞそちらを――先代様からの最後の遺言をお読みになってください」

ジュエルもブレイクも続いて立ち上がると、弁護士はにこやかに首を振りながらテーブルの上の新聞を示した。

礼儀として見送るべきなのだが、新聞が気になりわずかにためらったジュエルたちを置いて、弁護士はさっさと部屋から出ていってしまった。

廊下からは執事のルトールが対応する声が聞こえる。

「ジュエル、今日はお言葉に甘えよう」

「……ええ」

ブレイクに声をかけられ、ジュエルは素直に従った。

二人並んでソファに腰を下ろすと、ブレイクが新聞をめくる。

ほどなくそれらしき文面――遺言は見つかり、二人とも小さな活字を目で追った。

やがて読み終わったジュエルは頬を涙で濡《ぬ》らし、ブレイクは強くそんな妻を抱きしめたのだった。


～＊～＊～


私、第五代キャンモア侯爵であるヘンリー・キャンモアは、ここに最後の遺言を公開する。

まず私はジュエルに謝罪したい。

馬鹿馬鹿《ばかばか》しい親子ゲンカに巻き込み、貴女《あなた》の貴重な五年間を無駄にさせてしまった。

誰《だれ》に対しても献身的で愛情深い貴女を縛りつけたことは申し訳なく、それでもこんな茶番に付き合ってくれたことは本当に感謝している。

名目上は妻であったが、素晴らしい娘を持てたことを私は誇りに思う。

次に息子であるブレイクに謝罪したい。

私は古臭い因習にとらわれ、くだらないプライドを抱え、息子には厳しく接するべきだと信じ、愛情らしい愛情を見せることができなかった。

さらには反発するお前を無理に従わせようと大きな過《あやま》ちを犯す結果となったことはとても後悔して

いる。

おそらく私が余計なことをしなければ、君たち二人は――ブレイクとジュエルはもっと早くに結ばれていただろう。

二人が惹《ひ》かれ合っていると気づいたときには、もう後戻りできないところまできてしまっていた。

ブレイクは私に似て短気で頑固《がんこ》だ。

さらにはジュエルまでブレイクに対しては短気で頑固になるようだ。

そんな二人の関係を修復し、愛を育むにはどうしたらいいか、傲慢《ごうまん》な私は考えた。

だからこうして最後まで余計なことをしているというわけだ。

だが愚かな老人のくだらない策略だと、どうか許してほしい。

この遺言が公開されたということは成功したのだろうから。

ブレイク、ジュエル、遅くなったが結婚おめでとう。

私は二人の結婚を心から祝福する。

ジュエル。

私に似てプライドばかり高い不器用なブレイクのことをよろしく頼みます。

ブレイク。

自分のことは後回しで人の心配ばかりしているジュエルを必ず幸せにするように。
この最後の遺言状をお読みの皆さん。
私のせいで遠回りをさせてしまった二人のこれからを温かく見守ってください。
そして、どうか心からの祝福をお願いします。
ブレイクとジュエル、そして皆様に神からのご加護を。

第五代キャンモア侯爵　ヘンリー・キャンモア

番外編

1

「──社交界？」

「そう。もうシーズンは始まっているし、王都の社交界に顔を出さないか？　父の遺言でもあるしね」

契約結婚から二年と四か月。

いつものように二人で朝食をとっていると、ブレイクが突然、王都に行こうと提案してきたのだ。

「でも、シーズン途中からの参加なんていいのかしら……」

「当たり前だよ。むしろ、どこへ行っても歓迎されると思うよ。あの父の遺言状が公開されてから、去年以上にこの領館にまで様々な催しの招待状が届いているんだから」

ジュエルが不安げに言うと、何てことないといった様子でブレイクが答えた。

確かにブレイクにとっては、何てことないのだろう。

しかし、ジュエルにとっては一大事だった。

社交界デビューをしていないのは当然ながら、先代侯爵と結婚していたときも一度も社交界に顔を出したことがないのだ。

先代侯爵はあまり人付き合いを好まず、近隣の上流階級の住人たちともほとんど交流がなかった。

近隣との付き合いは一応ジュエルが対応していたが、パーティーといったものにはいっさい参加したことがない。

それがいきなり王都の社交界に出るとなると、考えるだけでも緊張してしまっていた。

「ジュエル？　どうかした？」

「……無理よ。だって、私は田舎《いなか》者で泥臭くて、妖婦《ようふ》なんてどこにもいないのよ!?　皆さんの期待を裏切ってしまうわ！」

「落ち着いて、ジュエル。君は田舎者でも泥臭くもないし、妖婦なんて期待はされていないよ」

「でも、あなたに恥をかかせてしまうわ！」

黙り込んでしまったジュエルを心配したブレイクは、返ってきた言葉に目を丸くした。

だがすぐに立ち上がって座ったままのジュエルを抱きしめる。

「そんな心配はいらないよ。私はジュエルが誇らしくはあっても、恥をかくことなんてないんだから。私が再会当初に言ったことは、忘れてくれないか？　あれは君があまりに魅力的だったから、悔しくて苦し紛れに言っただけなんだ。すまない」

必死に訴えるジュエルを宥《なだ》めるように、ブレイクは優しく謝罪した。

こんなにジュエルを苦しめるなら、やはり社交界など無視してしまおうかと考え、思いとどまる。

このまま社交界から遠ざかるには、二人とも若すぎる。

それだけでなく、将来の子どもたちのことを考えると、ここで逃げるわけにはいかないだろう。

「ジュエル、まず第一に君は誰《だれ》よりも美しいよ」

「それはないわ」

「いや。誰が何と言おうと間違いない。正直なところ、社交界に顔を出すのは心配でもある。ジュエルはあっという間に人気者になるだろうからね」

「贔屓目《ひいきめ》がすぎるわよ」

　大げさでも何でもなく、ブレイクは正直に話したのだが、ジュエルは冗談だと思ったのかくすくす笑う。

　信じてもらえないのは不服でも、ジュエルが落ち着いてきたのでよしとした。

「第二に、私が恥をかくことは絶対にない。むしろ羨《うらや》ましがられるだろうね。その理由は先ほども言ったとおり、君が誰よりも美しく、そして勇敢だからだ」

「勇敢？」

「ああ。でなければ、セネット君の代わりにあの領地を守っていられなかっただろう。何より、あの偏屈《へんくつ》な父親の許《もと》に乗り込んだりしないし、ましてや結婚したりしない。そして、嫉妬《しっと》のあまり怒りに満ちた私に立ち向かってきたりしないよ」

「でも、それは――」

「もちろん、ジュエルが勇敢であることは私だけの秘密にするつもりだ。外見だけでなく内面まで美しいなんて、社交界のやつらに教えたくはないからね」

ジュエルにとっては当たり前にしたことを勇敢だと言われて反論しようとしたが、ブレイクは許さなかった。

それどころかさらに褒めてくるので、ジュエルは耐えきれず噴き出した。

「やっぱり贔屓目がすぎるわ。私はそんなに立派な人間じゃないもの」

「だとすれば、そこは意見の相違ということで決着をつけよう」

冗談めかして言うブレイクに、ジュエルは降参とばかりに手を上げた。

ブレイクは軽く言っているが、やはりキャンモア侯爵としての責任がある。

先代侯爵は年齢を理由に代理人を立てていたが、王都でやるべきことも多く、若いブレイクが侯爵領にずっと引きこもっているわけにはいかないのだ。

「わかったわ。私は勇敢ですからね。将来、娘が社交界デビューするときに『私は怖いから行けない』なんて言えないもの」

「さすがジュエルだね。だが無理はしないでくれ。面白《おもしろ》くなかったら、さっさとここに帰ってこよう」

「ありがとう、ブレイク。尻尾《しっぽ》を巻いて逃げ出すってわけね？」

ブレイクはジュエルが同じように子どもについて考えてくれていることが飛び上がらんばかりに嬉《うれ》しかった。

だが、その気持ちを隠して柔らかな頬《ほお》にキスし、感謝を伝える。

ジュエルはくすぐったそうにしながら、悪戯《いたずら》っぽく返事をした。

その内容は挑戦的で、つい今しがたまでためらっていたとは思えないほどだ。

ジュエルはどうやら覚悟を決めたらしく、その強さに改めて惹《ひ》かれたブレイクはもう一度、今度は愛らしい唇にキスをした。

◇　◇　◇

それから三日後。

ジュエルは王都の侯爵邸に昼前に到着し、夕方には驚きの声を上げた。

キャンモア侯爵夫妻が王都にやってきたとの報《しら》せは瞬《また》く間に広がったらしい。

特に誰かに知らせたわけでもないのに、次々に新しい招待状が届き始めたのだ。

招待状は昼間のお茶会から、晩餐《ばんさん》会、舞踏会も含めた夜会と様々だった。

「信じられない……どうしてこんなに……」

「侯爵家の馬車が走っているのを誰かが見たんだろうな」

「それだけで!?」

「いや、おそらくその情報を元に、また誰かがうちの使用人から聞き出して、ジュエルと私が二人で来たことを知ったんだろう。で、あっという間に噂《うわさ》が広まったんだよ」

「すごいわ……」

「怖くなった？」

「少しね。でも、それ以上に感心しているの。新聞の社交欄がいつも賑《にぎ》わっているのも頷《うなず》けるわ」

ジュエルは納得しながら、招待状を手に取って差出人を確認していった。

どれもこれも一度は社交欄で見かけた名前ばかりである。

「全部出席するわけにいかないのはわかるけれど、どれに出席してどれに欠席すればいいのかわからないわ。しかも、お返事も書かなければいけないのに……」

「秘書を雇えばいいよ。いちいち返事を書いていたらそれだけで一日が終わるからね。だけどまずは……」

そう言って、ブレイクは差出人を確認しながら招待状を選《よ》り分けていった。

そして少ないほうの束から一通を取り出す。

「この公爵家主催の夜会に最初に出席したほうがいいかな。その後はこれらに出席したほうがいいと思う。他《ほか》はジュエルの好きなようにすればいいよ。そのうち気の合う友人もできるだろうからね」

「わかったわ。ありがとう、ブレイク」

「いや、当然のことをしたまでだよ。面倒くさいこともあるけれど、ジュエルにはここで大いに楽しんでほしいんだ」

「ええ、そのつもりよ」

ジュエルがにっこり答えると、ブレイクは満足げに頷いた。

そのとき、執事がやってきて来客を告げた。

「まさか、さっそくお客様がいらっしゃるなんて！」

「心配いらないよ、ジュエル。客とはちょっと違うから」

「どういうこと？」

何の準備も——特に心の準備ができていないと慌てるジュエルを見て、ブレイクは呑気《のんき》に答えた。

ジュエルが不思議に思って問いかけても、ブレイクは悪戯っぽく笑うだけで教えてくれない。

そうこうしているうちに、執事は来客をジュエルたちがいる二階の家族用の居間へと案内してきた。

「侯爵様、奥様、お久しぶりでございます」

「まあ！　あなただったの！」

入ってきたのはひと月ほど前に、屋敷を訪れた仕立物屋の女性マダム・クロエだった。

ブレイクから改めて結婚の贈り物にと、新しいドレスを作らせてほしいと請《こ》われたのだ。

そのときは何も考えず、屋敷にやってきた彼女に採寸を任せた。

（そういえば、あのときのドレスをまだ受け取っていなかったわね……）

と、ジュエルも呑気に思い出しながらマダムと挨拶《あいさつ》をしていたが、従僕たちが次々に箱を部屋へと運び込んでいることに気づいた。

大小様々な箱はどんどん積み上げられていく。

「待って。これは何事なの？」

「奥様のドレスでございます」

「こんなに!?」

「もちろん、帽子、手袋、コートにケープなどもございます」

「そんなものまで……」

ジュエルは唖然《あぜん》として呟《つぶや》いた。

マダムの助手らしき女性たちも三人おり、ジュエルの侍女と話している。

おそらく箱の中身についてだろう。

呆然《ぼうぜん》としたジュエルがブレイクに視線を移すと、椅子《いす》に座ったまま笑みを浮かべて見返してくる。

ジュエルの反応を大いに楽しんでいるようだ。

「こんなに仕立ててくれたなんて、信じられないわ」

「嫌だった？」

「……嬉しい、けれど、やっぱり申し訳ないわ」

「喜んでほしくてやったことだから、気にしないで思う存分喜んでほしい」

ジュエルが曖昧《あいまい》に微笑《ほほえ》むと、ブレイクは立ち上がって抱き寄せた。

そこに、こほんと咳払《せきばら》いが聞こえ、マダムがにこにこしながら言う。

「私どもはいったん退室いたしましょうか？」

「そうしてほしいのはやまやまだが、ジュエルにどれか着てもらいたいから私が出たほうがいいな」

顔を赤くするジュエルの頬に口づけて、ブレイクは離れた。

「ジュエル、どうか受け取ってほしい。これでも控えたほうなんだ。私との結婚を継続してくれていることに、どれだけ私が喜び浮かれているか少しはわかってくれるといいんだが」

「ブレイク……」

ジュエルのほうこそ、二度目の結婚である自分をブレイクが受け入れ愛してくれる喜びをどうにかして伝えたかった。

それなのに、いつもしてもらってばかりなのだ。

今もまた素直にお礼を言えないままで、ブレイクは部屋から出ていってしまった。

「奥様、どのドレスになさいますか？」

「え……」

マダムに声をかけられ我に返ったジュエルは、箱から取り出された何着ものドレスに目を瞠《みは》った。

侍女やマダムの助手たちが見せてくれているだけでなく、椅子にも何着かかけられている。

そのほとんどが紫や濃紺で、淡い色のドレスも青系が多い。

「侯爵様がきっと奥様は喪中であることを気になされるだろうからと、こちらのお色にさせていただきました。もちろん、どれも奥様にお似合いの色合いでございます。また喪が明けましたらもっと明るい色合いのドレスも作ってほしいと、侯爵様には頼まれているんですよ」

夫が亡《な》くなった場合、喪に服す期間は三年。

最近ではそれも厳密に守っている女性はかなり減り、だいたい一年ほどで社交を再開させる場合が多いらしい。

それでもブレイクは先代侯爵の死を悼《いた》むジュエルの気持ちを尊重してくれているのだ。

ジュエルはブレイクへの愛《いと》しさで胸が苦しくなるほどだったが、感謝の気持ちを表すのに着てみせるのが一番だろうとドレスを選んだ。

正直なところ、どのドレスも素敵すぎて選び難《がた》かった。

しかし、マダムが持っていた紫のドレスがおそらく自信作なのだろうと決めたのだった。

オフショルダーのサテンのドレスはとても洗練されたデザインで、鏡に映った自分がまるで別人のように見える。

（確かに、これは今までが野暮《やぼ》ったく思えるわね）

ジュエルは鏡の前で後ろ姿を映しながら苦笑した。

だが、野暮ったさも含めてジュエルであり、恥じたりしないと決めたのだ。

それでも、ブレイクがジュエルのために用意してくれた都会流のドレスを素直に喜んで受け取ることが、一番のお礼になるだろう。

そう考えていたジュエルは、部屋に戻ってきたブレイクの顔を見て、それが正解だったと知ることができた。

「やっぱり素敵だよ、ジュエル。そのデザインもよく似合う」

「……ありがとう、ブレイク」

ブレイクがジュエルを見るとき、その眼差《まなざ》しには愛がある。

それがわかるようになったジュエルは、同じように愛を込めてブレイクを見つめ返した。

ブレイクは近づいてきて、ジュエルの手を取り口づける。

「本当にありがとう、ブレイク。王都の社交界に出るのに、ドレスのことまでは全然頭になかったから……。すごく嬉しいわ」

「ジュエルは自分のことには頓着《とんちゃく》しないからね。その点、私はジュエルに執着している」

「執着って……」

手の甲にキスされて、照れ笑いしながらお礼の言葉を口にしたジュエルを、ブレイクが抱き寄せる。

さらりとサテンのスカートが揺れ、腰に回されたブレイクの手に力が入った。

そのままブレイクはむき出しになったジュエルの肩に優しく唇を押し当て、首筋へとすべらせていく。

「ブ、ブレイク！　みんなが……」

ブレイクの優しい手つきと柔らかな唇の動きにぼうっとなりかけたジュエルは、まだ試着の途中だったことを思い出した。

慌てて離れようとしたが、ジュエルを抱くブレイクの腕に力が入る。

「マダムたちは、気を利かせて出ていってくれたよ」

「……え？」

今度は咳払いもなく、静かに出ていったらしい。

ジュエルが室内を見回すと、詰まれた箱と椅子にかけられたドレスだけ残されて皆の姿は消えていた。

「続けてもいいかな？」

「――っ、ダ、ダメよ！　ご飯前だし！　し、試着もまだしないと！」

あまりにも魅力的すぎるブレイクの誘惑に負けそうになったジュエルだったが、どうにか自分の弱さに打ち勝った。

そんなジュエルに、ブレイクは噴き出す。

どうやら、からかわれていたらしい。

「ええ、どうぞお好きなだけ笑えばいいわ」

「いや……ジュエルが許してくれるなら、本当に続けたいくらいだが……ご飯前って……」

ジュエルが拗《す》ねるように言うと、ブレイクが笑いを堪《こら》えながら答える。

そう言われて初めて、ジュエルも自分がかなり間抜《まぬ》けなことを言っていたと気づいた。

ブレイクの言うとおり、「ご飯前」はさすがにない。

結局、ジュエルも一緒に笑い、夕食時にはまた思い出して二人で笑ったのだった。

2

王都に到着してから四日目の夜。

公爵家の夜会では大歓迎され、初めて公《おおやけ》の場に出たジュエルは注目されたが、常にブレイクが傍《そば》にいてくれた。

本来なら、夫婦でべったりするなど野暮《やぼ》とされているのだが、「妻から離れたくないんだ」とブレイクは友人に笑って言ってのけたのだ。

それから二日続けて舞踏会や晩餐《ばんさん》会に出席し、一日休憩した後、またとある伯爵夫人の夜会に出席したジュエルは、ブレイクに笑顔で告げた。

「ブレイク、もうそろそろ離れても大丈夫よ。少しは慣れてきたし、顔見知りもできたわ」

「しかし……」

「心配してくれてありがとう。でも大丈夫。迷子になったりなんてしないから」

ブレイクはさすがに過保護すぎる。

一緒にいるのが嫌ではない――むしろ嬉《うれ》しいが、あまり縛りつけても気の毒で、ジュエルはブレイクをカードルームへと送り出した。

先ほど友人に誘われていたのだ。

しぶしぶ向かうブレイクの背を見送り、ジュエルも飲み物を変えようと振り向いた瞬間、にこやかな女性二人が傍に立っていた。

驚きつつも挨拶《あいさつ》していると、あっという間に数人の女性たちに囲まれる。

「――話に聞いていたとおり、ずいぶん田舎《いなか》くさい方ですのね。それでいったい、どうやってキャンモア侯爵親子を虜《とりこ》にできたのですか？」

「あら、ブレイクは違うわ。虜にしたのは先代だけでしょう？」

「そうでしたわ。侯爵様と結婚できたのは、先代のお父様の遺言ですものね」

「まさか遺言でブレイクを遺《のこ》してくださるなんて。羨《うらや》ましいわ」

「ブレイクも気の毒だわ。結婚しなかったのは、彼があまりに魅力的で人気者だったから、一人の女性を選べなかっただけなのに、まるで罰するかのように無理に結婚させられるなんて」

美しく華々しくも毒々しい女性たちからの蔑《さげす》みを込めた言葉を、ジュエルはにこにこしながら聞いていた。

本来なら、ここで泣いてみせたり、逃げ去ったりするのが正しい態度かもしれない。

女性たちもそれを期待しているようだ。

だが、ジュエルは強がりでも何でもなく、何を言われようと平気だった。

なぜなら、ブレイクの愛が本物だと知っているから。

そして、女性たちの言葉が負け惜しみでしかないこともわかっていたからだ。

もちろん嫉妬《しっと》はある。

女性たちが「ブレイク」と呼ぶのだから、それなりに親しい仲だったのだろう。

だからこそ、勇敢なジュエルの闘争心に火をつけた。

「どなたから話をお聞きになったのか知りませんが、田舎者の私でも侯爵様と結婚できたのですから、きっと貴女《あなた》のように都会的な方はもっと素敵な方と結婚できるのでしょうね」

「なっ……！」

初めに口火を切ったまだ若い女性に、ジュエルは感心しているかのように答えた。

途端にその女性は顔を赤くし、言葉をなくす。

次にジュエルは若い女性に答えた年配の——おそらく母親だろう女性に笑みを向けた。

「虜にされたのは私のほうですわ。先代侯爵様は世間での噂《うわさ》とは違い、悪戯《いたずら》好きのとてもお茶目な方でしたから」

「お茶目……？」

「ええ。遺言状にもあったように、まさか私の恋心に気づいていらしたなんて……。それであのような契約結婚を持ちかけていらっしゃるんですもの。頑固《がんこ》なところだけでなく、悪戯好きなところまで親子で似ているなんて面白《おもしろ》いですわよね？」

続いて三人目の女性に答えたジュエルは、最後に四人目の女性をまっすぐに見た。

すると、女性はわずかに後退する。

「本当にブレイクは気の毒だと思うわ。こんなに美しい方々がいらっしゃるのに、一人を選べなかったなんて。きっと私のような田舎者のほうがブレイクの目にとまりやすかったのでしょう。だから先代侯爵様と約束の二年を過ぎても、私との結婚生活を楽しんでくださっているのね」

みんな同じように着飾って見分けがつかないとのジュエルの嫌みに、腹を立てた女性の一人が扇子《せんす》を強く握り締めたらしく、ポキリと折れる音がする。

他《ほか》の女性たちも怒りに顔を赤くしていたが、ジュエルはもう彼女たちを見ていなかった。

女性たちの背後からブレイクがやってきたのだ。

「それは少し違うな、ジュエル」

「ブレイク!?」

「侯爵様！」

突然のブレイクの登場に、女性たちは喜ぶよりも焦《あせ》っていた。

ジュエルを囲んでいたのが気まずいのだろう。

しかも、ブレイクが会話に参加してきたことから、今までの話が聞かれていたとわかる。

「私は選べなかったのではなく、すでにジュエルを選んでいたんだ」

ブレイクは微笑《ほほえ》みながらジュエルの傍までくると、その細い腰に腕を回して抱き寄せ、頬《ほお》にキスする。

人前でも憚《はばか》ることなく愛情表現をしてくるブレイクに、ジュエルは嬉しいやら恥ずかしいやらで微笑むしかなかった。

「だが、知ってのとおり私は頑固でね。父とケンカをして意地を張ってしまった。しかも、私は愚かにも素直になれずジュエルとまでケンカをしてしまったものだから……」

そこまで言うと、ブレイクはわざとらしく悲しげな顔でジュエルを見下ろす。

それから唖然《あぜん》としている女性たちに悪戯っぽく笑いかけた。

「ここだけの話ですが、ジュエルも――妻も頑固でね。父とジュエルは共謀して私をいじめようと考えたわけです」

「ブレイク！」

あの七年前の先代侯爵との結婚式前日のことを、面白おかしく語ろうとするブレイクを、ジュエルは慌てて止めた。

しかし、ブレイクは怒られた子犬のようにしゅんとする。

「だって、あのときの君の言葉は酷《ひど》かったじゃないか」

「それはあなたも同じよ」

いったい何を見せられているのかと、女性たちが思い始めたとき、新たな男性の声が割り込んだ。

「おいおい、君たち。ここは私の家だぞ。惚気《のろけ》合うなら侯爵邸に帰ってからにしてくれ」

「やあ、ジョセフ。君の母君のパーティーは相変わらず楽しいな」

この夜会の主催者である伯爵夫人の息子で、ブレイクの親友のジョセフが笑いながらからかう。

　ジュエルはジョセフの言葉に耳まで赤くなったが、ブレイクはまったく気にしていない。

　そんなブレイクに、ジョセフはわざとらしく目を見開いた。

「君がこの退屈なパーティーを楽しんでいるなんて驚きだな。ああ、そうか。奥方が一緒だからか。それで私の相手をする約束を破って、奥方の許《もと》に戻ったんだな？　愛する人ができれば、友情なんて脆《もろ》いものだよ」

　ジョセフが自分の母親の夜会を退屈と言ったのは、この場にいる女性たちも含めているのだ。

　その屈辱に女性たちはぷるぷる震えていたが、大げさに嘆くジョセフは気づかないふりをしている。

　ジョセフの名前も新聞の社交欄をよく賑《にぎ》わせているので、ジュエルは会う前から知っていた。

　何よりブレイクとは学生時代からの付き合いのようで、侯爵領でも見かけたことがあったのだ。

　――名前を知ったのは先日だが。

　ジョセフはあまり運動が好きではないらしく、侯爵領ではもっぱら屋敷で過ごしていたらしい。

　猟犬を置き去りにしたと思《おぼ》しき人物はすでにブレイクと友人関係にはなく、謝罪を取り付けることができなかったと、ブレイクに改めて謝罪されたときにはジュエルもセネットも驚いたものだ。

「ジュエルとお前なら、ジュエルを優先させるに決まっているだろう？　魅力的なジュエルに皆が集まってくるから、少しでも目を離したくないんだ」

「重症だな。では、カードゲームの約束はもういいから、大切な奥方を連れて帰ればいいだろ。それから、自宅で大いに愛を語らい合ってくれ！」

「ああ、そうするよ」

ジュエルがそのときのことを思い出してぼんやりしているうちに、気がつけば帰ることになっていた。

ブレイクは女性たちにおざなりな挨拶をして、ジュエルを促す。

困惑したジュエルは、愛想笑いのようなものしかできなかった。

「ブレイク、いいの？」

「かまわないよ。主催の伯爵夫人にはジョセフが適当に言ってくれるだろうし、夫人もわかってくれるよ」

伯爵夫人は挨拶したときからとても好意的で、今までの主催者たちとは違った。

だからこそ、失礼なことはしたくないと思ったのだが、すでに他の招待客たちにケンカを売ってしまっている。

明日、きちんとお詫《わ》びに伺わなければと考えていたジュエルの視界に、にこやかに手を振る伯爵夫人が映った。

傍にはすでにジョセフがいることから、どうやら機嫌よく見送ってくれているようだ。

ジュエルもどうにか微笑んで軽く頭を下げた。

「言っただろう？　伯爵夫人は気にしないって」

「だけど、やっぱり失礼よ。しかも私、伯爵夫人が招待した方たちに真っ向からケンカを売ってしまったわ！」

広間を出て玄関へと進みながら、ブレイクが得意げに言う。

それでも心配するジュエルは、さらに自分の失態を訴えた。

ところが、ブレイクは声を出して笑った。

「あれは売ったんじゃなくて、買ったんだよ」

「……どこから聞いていたの？」

「私が気の毒だとか何とかと、あのご婦人方がジュエルに絡《から》んでいたところくらいかな？」

「ということは、私が言い返したのは全部聞いていたってこと⁉」

「そうなるかな？」

恥ずかしさに穴があったら入りたいくらいだったが、代わりに馬車へと乗せられてしまった。

扉が閉められた瞬間、なぜか逃げたくなってしまったジュエルをブレイクは抱きしめる。

「なぜかな。ジュエルが逃げてしまいそうに思えたんだが」

「……それはたぶん、当たってるわ。恥ずかしくて隠れてしまいたいんだもの」

「先ほどまであんなに勇敢だったのに？」

「あれはっ、……勇敢なんじゃなくて、嫉妬からのただの強がりよ」

ジュエルはブレイクの腕の中で顔を伏せていた。

逃げることもできず、恥ずかしくてどうしても顔を上げられない。

それでも正直に打ち明けると、ブレイクの腕に力が込められた。

「ジュエルが今どんな顔をしているのか見たい」

「ダメ」

「私は今、とてもにやけている自覚がある」

「え？」

ブレイクの言葉についジュエルは顔を上げた。

だが、いつもの悪戯っぽい笑みを浮かべているだけ。

「騙《だま》したのね？」

「いや、にやけているだろ？」

「いつもの意地悪な顔じゃない」

「そうかな」

そう答えたブレイクは、ジュエルがまた顔を伏せないように両手で頬を包んだ。

――キスされる。と思ったが、ブレイクはそのままジュエルの両頬をふにっと押した。

「ブレイク！」

ぱっとブレイクから離れたジュエルは、さらに真っ赤になって睨《にら》みつける。

また笑っているだろうと思ったのに、ブレイクは愛《いと》しげにジュエルを見ていた。

「……ど、どうしたの？」

「可愛《かわい》い」

「は？」

「ほんと、ジュエルは可愛い」

「……酔ってるの？」

それほどお酒を飲んでいたとは思っていなかったが、カードルームで強いものを飲んだのかもしれない。

心配になってジュエルはブレイクの首筋に手を当てた。

脈は少し速いかもしれないが、熱はなさそうだ。

「酔ってはいないから、心配はいらない。ありがとう、ジュエル」

ブレイクはジュエルの手に手を重ねて微笑んだ。

それだけで逆にジュエルの脈が速くなる。

未《いま》だにブレイクからまっすぐな愛情を向けられると、どうしていいかわからなくなるのだ。

「あまりにもジュエルが可愛いから、変な顔にしてみようと思ったのだが、まったく変ではなかった。

それどころかさらに可愛いなんて、ジュエルはすごいな」

もう何が何だか意味がわからない。

からかっているわけでも、酔っているわけでもないのに、ブレイクがおかしい。

そもそもどうしてこんなことになったのかと考え、先ほどのことを思い出した。

「……もしかして、嫉妬した私を慰めてくれてるの？」

「いや、うん？　いや、うん……慰めているというより喜んでいるんだよ」

ブレイクのおかしな言動の理由をジュエルが問えば、曖昧《あいまい》な返事の後にブレイクは自分で納得したように答えた。

それから苦笑しつつブレイクは続ける。

「ジュエルが彼女たちに嫉妬する必要はまったくないよ」

「でも、あの中の二人はブレイクのことを名前で呼んでいたわ」

「あー、そうだったね。だがそれは、友人たちと休暇を過ごしたときに彼女たちもいたから、名前で呼ばれるようになっただけだよ」

そういえば彼女たちとも噂になったことがあったなと、ブレイクは思い出した。

大した付き合いでもないのに、新聞に新しい愛人だとか何だとか書き立てられたのだ。

当時のブレイクはあえて否定しなかったが、目の前で落ち込むジュエルにはやはりきちんと伝えるべきだろう。

言いにくいことではあるが、ブレイクは覚悟を決めた。

この先、ジュエルに余計な心配をかけたくはない。

嫉妬してくれるのは嬉しいが、自分の気持ちを優先させてジュエルを悲しませたくはなかった。

ブレイクは重ねたジュエルの手を両手で包むように握ると、話し始めた。

「ジュエル……。以前も言ったが、新聞に書かれていたことはほとんど嘘《うそ》なんだ」

「……どういうこと？」

「その……確かに、学生時代は羽目を外してしまったこともある。自由を得た喜びで目先の楽しみに心奪われて、本当の幸せが何なのかもわからなくなっていたんだ。だが、ジュエルと久しぶりに再会したのに避けられて……傷ついたのに、そのことさえ気づかず無理に騒いで新聞に書かれることを喜んだ。父には嫌がらせをしたかったし、ジュエルには気にしてほしかったからね。馬鹿《ばか》だろ？」

「ブレイク……」

「それに、マチルダだけじゃない。新聞に書かれていた女性たちとも、いっさい何もなかった。本当だよ。ジュエルと再会してから二年、それにあの大ゲンカからの五年の間もずっと、ただただ見栄《みえ》を張って派手に暮らしているように見せていただけだ。もちろん、見せたかったのは世間ではなく、ジュエルと父にだけだけどね。ジョセフにもよく笑われたよ」

今聞いた話に、ジュエルは驚き何も言えなかった。

ジュエルも先代侯爵も愚かな意地を張ってしまっていたが、ブレイクもまた意地を張っていたのだ。お互い、少しでも歩み寄れば、冷静になって話し合っていれば、こんなに遠回りすることもなかっただろう。

しかし、今さら後悔しても遅い。

何より後悔に囚《とら》われてしまうのも馬鹿げている。

「ブレイク。話してくれて、ありがとう」

ジュエルは握られた手にさらに手を重ねて微笑み、少しだけ背伸びをしてブレイクの唇にキスをした。

ジュエルからキスをすることは珍しく、ブレイクは驚いたようだ。

だがすぐに握っていた手を離して強く抱き寄せ、今度はブレイクからキスをする。

それは息ができないほど情熱的で、ジュエルは溺《おぼ》れてしまいそうだった。――が、そこにノックの音が響く。

いつの間にか馬車は侯爵邸へと戻ったようで、今にも扉が開かれようとしていた。

慌てて離れようとするジュエルをブレイクは抱きしめたまま。

「ブ、ブレイク……」

そして扉が開かれると、ブレイクはジュエルを抱き上げて馬車から降りた。

ジュエルは悲鳴を上げることもできず、息をのんで落ちないように必死にブレイクにしがみつく。

そんな二人を使用人たちは呆気《あっけ》にとられて黙って見送る。

驚くべきことに、ブレイクはそのまま階段を上り二階まで行くと、寝室に飛び込んだ。

それからのことは想像するまでもなく、翌朝ジュエルは羞恥《しゅうち》に悶《もだ》えた。

そのため、なかなかベッドから出ることができなかったジュエルは、さらに自分を追いつめることになるのだった。

3

翌々朝。

ジュエルは昨日と同じく、新聞を読んで深くため息をついた。

昨日よりも記事の扱いは大きく、頭を抱える。

そこにブレイクがやってきた。

「おはよう、ジュエル。今朝も早いね。だけど、体調が悪いなら休んだほうがよくないか？」

「ブレイク……。おはよう。体は元気よ。ただちょっと……」

「また新聞に何か書かれていたのか？」

ジュエルの肩を抱き寄せ頬《ほお》にキスしたブレイクは、新聞が広げられていることに気づいて心配そうに言う。

ジュエルは再びため息をついて、問題の記事を指さした。

「昨日は、私がどんなに好戦的だったか書かれていたけれど、それはほとんど事実だから別にいいの。でも今回は……」

昨日の新聞には、伯爵夫人主催のパーティーで、ジュエルが四人の女性に囲まれ嫌みを言われたが、勇ましく応戦したと書かれていたのだ。

その内容は少々大げさで、ジュエルがブレイクにどんなに愛されているか主張したとあった。そしてその言葉を裏付けるように、最後はブレイクに攫《さら》われるように去っていき、女性たちは悔しさにハンカチを噛《か》みしめた……とか。

その内容に、ジュエルは驚きつつも笑ったが、今朝の記事は笑えない。

ブレイクはジュエルの指さした箇所にさっと目を通して眉《まゆ》を寄せた。

記事には、ブレイクがジュエルを馬車から抱きかかえて降り、急ぎ屋敷の中へと消えていったと書かれ、『侯爵はベッドまでよほど待ちきれなかったのだろう』とある。その他《ほか》、少々きわどい内容まで。

「これも事実だが、問題はあるな。誰《だれ》かがうちの内情を漏らしたのか……」

「待って待って。この記事には馬車から降りたときのことしか書かれていないわ。その後のことは憶測でしかないのだから、きっと遠くから覗《のぞ》いていた人がいるのよ」

ブレイクがぼそりと呟《つぶや》いた内容にジュエルが焦《あせ》ったのは、侯爵邸の使用人の誰かが内情を漏らしたのではないかと疑っているからだ。

長年勤めてくれている使用人ばかりの中で、侯爵邸のきわどい内情を外で話す者がいるとは考えたくなかった。

そもそもそんな不届き者がいるのなら、もっと重大な秘密――先代侯爵とジュエルの契約結婚や、ブレイクのこれまでの素行について詳しく書かれていただろう。

しかし、今まで新聞記事を賑《にぎ》わせていたのは、ブレイクの別邸や会員クラブでの言動ばかりだった。

今はもう他人のものになってしまった別邸について思い出してしまったジュエルは、わずかに表情を曇らせつつも無理に微笑《ほほえ》んだ。

マチルダのことを思い出したのだ。

「――確かに、わざわざ塀を上って覗き見している連中はいるな」

ブレイクの声にはっと我に返ったジュエルは、大きく頷《うなず》いた。

侯爵邸は高い塀に囲まれ、本来なら外からは見えないのだが、ジュエルたちがやってきてからは記者や暇な野次馬がどうにかして覗いていることがあった。

どうやらキャンモア侯爵夫妻の記事が載ると、新聞はよく売れるらしい。

それも、先代侯爵の遺言が世間の注目を集めたからだろう。

それについてブレイクは、いくらジュエルの名誉を回復するためでも、もっと他に方法があっただろうとぼやいていた。

「塀からこのお屋敷まで距離はあるから、室内までは見えないでしょうけど、あまりいい気分ではないわよね。特にこうして記事になってしまうなら……」

「そうだな。そのうち侵入を試みる馬鹿《ばか》が出ないとも限らない。今日からでも警備を強化しよう」

「ええ。ありがとう、ブレイク」

「礼には及ばないよ」

ブレイクは使用人を疑うのをやめたようで、ジュエルはほっと胸を撫《な》でおろした。

さらに警備を強化してくれるなら安心できる。

ジュエルはちらりと記事を見てから、新聞を畳んだ。

悪女だの妖婦《ようふ》だのと書かれるのは事実ではなく、ジュエルも慣れたつもりだった。

だが、今回の記事は最後に『キャンモア侯爵家に新しい顔が加わる日も近いだろう』との内容で胸に棘《とげ》が刺さったような気分になったのだ。

ジュエルの密《ひそ》かな悩みは、ブレイクと本当の夫婦になってから、未《いま》だに妊娠の兆《きざ》しがないことだった。

まだたったの半年とはいえ、キャンモア侯爵夫人としてどうしても気にしてしまうのだ。

もしこのままブレイクの子を妊娠できなかったら――。

そう思うと怖くて仕方なかった。

◇　◇　◇

「ジュエル、こちらでご一緒しません？」

ジュエルが招待されたガーデンパーティーに出向くと、ジョセフの妹のマリアが手を振って声をかけてきた。

緑豊かな庭園のあちらこちらにテーブルが用意されており、特に席は決まっていないらしい。

ジュエルは笑顔で手を振り返し、マリアのいるテーブルへと向かった。

「こんにちは、マリア。声をかけてくれて、ありがとう」

「ジュエル、こんにちは。ご一緒できて嬉《うれ》しいわ」

にこやかに挨拶《あいさつ》を交わしながら、ジュエルはマリアの隣に座った。

マリアとはあのジョセフの母親である伯爵夫人のパーティーの後から親しくなったのだ。

ジュエルより二歳年下のマリアはすでに結婚して子どもも二人いる。

気の合う友人も何人かできたが、一番はマリアだろう。

マリアの気さくな性格は、ジョセフと同じで母親譲りのようだった。

テーブルにいた他の三人の女性はジュエルが同席したことで気を悪くしたのか、挨拶の後は三人だけにしかわからない話を始める。

マリアは鼻にしわを寄せ不満をあらわにしたが、ジュエルは気にしていないとばかりに微笑んだ。

それからジュエルとマリアは二人で話しているうちに、つい盛り上がってしまっていた。

「――だからね、母が兄に『いい加減に結婚しないのなら、あなたの財産を没収するわよ』って言ったの。そうしたら、兄は『それならもう使い果たしましたよ』って答えたの。びっくりよね？　それで母が慌てて管財人に確認したら、本当に兄が持っていた土地も何もかも売り払われていたの」

「まさか！」

「本当よ。もう母はカンカンになって大変だったの。でもね……」

　信じられない話にジュエルが驚くと、マリアは笑いながら口を片手で覆って、その後を話してくれた。

　実はジョセフは土地を売った代金と成人したときに譲渡されたまとまった金額を投資に回しており、さらに財産を増やしていたそうだ。

　ブレイクも先代侯爵からの援助なしに暮らしていたのは、母親からの信託財産を元手に投資で増やしたからだと言っていたので、ひょっとして同じものに投資していたのかもしれない。

　ジュエルとマリアがくすくす笑っていると、同席していた三人のうちの一人である子爵夫人が割り込んできた。

「お二方はずいぶん楽しそうですけれど、いったい何を話していらっしゃるのかしら？　私たちにも教えてくださらない？」

「まあ、ごめんなさい。身内の恥をさらすようなものでしたのに、このように素敵な会で話す内容ではありませんでしたわ。ですから、別の話題にさせてください」

　母親ほど年上の子爵夫人にマリアがそう言えるのも、マリアが将来の伯爵夫人だからだ。

　元々伯爵令嬢だったマリアは、別の伯爵家に嫁いでいる。

　やはり生まれながらに伯爵家の娘として育ったマリアは振る舞いも何もかもが洗練されており、ジュエルの憧れの存在でもあった。

マリアが小声で話したのは、ただでさえ花婿候補として人気のジョセフが多大な財産を築いていると知られると厄介《やっかい》だからだ。

三人のうちの一人は子爵夫人の娘で、絶賛花婿募集中である。

「あら、身内の恥とはおっしゃっても、侯爵夫人にはお話できるのね」

「ええ。ジュエルは兄の友人でもありますから」

「そうなのですか？　侯爵夫人は殿方に人気がおありですのね？　この子のためにも男性と親しくできるコツがあるのなら教えていただきたいですわ」

もう一人の女性が不満を口にしても、マリアはさらりとかわした。

すると、子爵夫人はジュエルへ矛先を変えて嫌みな質問をする。

子爵夫人の娘は肩身の狭い思いをしているでもなく、意地の悪い笑みを浮かべていた。

それなら遠慮する必要はないかと、ジュエルはにっこり微笑んだ。

「大したことは必要ありませんわ。相手を不快にさせないよう会話に気をつければよいだけですもの」

ジュエルが穏やかに答えると、マリアは笑いを堪《こら》えているようだった。

三人とも自覚があるのかないのか、眉間《みけん》にしわを寄せたり唇を尖《とが》らせたりしている。

ジュエルには三人を不快にさせているとしっかり自覚しつつも、さらに続けた。

「あ、あともう一つ。意地悪はしないことです。どんなに美しいお顔でも、いつの間にか性格と同じように意地の悪いお顔になってしまいますから」

自分でも気をつけないといけないなと思いながらジュエルが付け加えると、マリアは堪えきれなかったようで噴き出した。

すぐに誤魔化《ごまか》すように咳《せき》をして、何事もなかったかのようにお茶を飲む。

三人の女性たちは怒りを抑えているのか、カップを持つ手が震えていた。

それでもお茶を飲んで冷静さを装う。

「貴重な教えをありがとうございます。侯爵夫人のように幸せな結婚生活を送っていらっしゃる方のお言葉はとてもためになりますわ」

子爵夫人はカップを置くと、にっこり意地の悪い笑みを浮かべた。

これはまた何か言ってくるなと予想して、ジュエルは身構える。

「それで、お子様はまだですの？　もう結婚されて七年……ああ、いえ。当代のキャンモア侯爵様とは二年でしたかしら？　お二人だけの生活も素敵でしょうが、子どもがいればもっと素晴らしいものになりますもの。ねえ？」

子爵夫人はそう言いながら娘の頬をくすぐるように触れ、最後にマリアへ話を振った。

完璧な嫌み返しである。

身構えていたからこそジュエルは動揺を表に出さずにいられたが、マリアの笑みは引きつっていた。

「確かに……子どもたちは私たち夫婦にとって、かけがえのない存在です。とても愛《いと》しく守るべき宝ものだと思います。ですが、人それぞれのペースがありますから、周囲がどうこう言うべきものではないでしょう？」

「それは悠長なお考えではなくて？　私たちは後継ぎを生む義務がありますもの。特にキャンモア侯爵家はこの国の創建当時から続く名門ですからね。急いだほうがよろしいのでは？　私はこの子を二十七で生みましたが、上の子二人より年が離れているせいか、かなり苦労しましたもの」

マリアが気持ちを落ち着けてゆっくり答えたが、子爵夫人はあっさり否定してジュエルへ追い打ちをかける。

もう一人の女性はさすがに言いすぎだと思ったのか、気まずそうにしていた。

だが、子爵夫人の娘は空気を読めないらしく、ぷうっと頬を膨らませる。

「苦労だなんて酷《ひど》いわ、お母様」

「あら、本当よ。でもちゃんと可愛《かわい》がってあげてるでしょう？」

その緊張感のなさと宥《なだ》める子爵夫人の言葉を聞いたジュエルは、そもそもこの母娘とは感覚が合わないのだと判断して心を閉ざした。

マリアは怒りに燃えていたが、テーブルの下でその手を握り、ジュエルは大丈夫だと伝える。

「さて、私はそろそろお暇《いとま》させていただきますわ。とても有意義なお時間をありがとうございました」

ジュエルは残っていたお茶を飲んでカップを置くと、微笑みながら立ち上がった。

「まあ、大変！　私ももう帰らないと、夜の支度に間に合わなくなるわ！」

マリアも急ぎ立ち上がると、一瞬三人を蔑《さげす》むように見下ろし、一転して笑みを浮かべた。

三人も慌てて立ち上がる。

「何事も礼儀は必要ですわね。それでは、失礼いたします」

「皆様、さようなら」

マリアの冷ややかな挨拶の後に、ジュエルも突き放すように挨拶をしてその場を去った。

それから二人で主催者と少しだけ話をして馬車寄せへ向かう。

「ジュエル、ごめんなさい。私があの席に誘ったから、嫌な思いをさせてしまったわね」

「大丈夫よ、マリア。あれくらいでいちいち気にしていられないわ。それに幸いにして、私はあの方たちと付き合わないでいられるから」

マリアがかなり落ち込んでいる様子だったので、ジュエルは普段は口にしない階級をにおわせて答えた。

本来、子爵夫人が侯爵夫人に対してあのように無礼な態度を取るはずもないのだが、どうにもジュエルはあれこれあったせいか舐《な》められているようだ。

ジュエルが自分を励まそうとしていると気づいたのか、マリアはにやりと笑って頷いた。

「そうね。どうやらあの母娘は兄を狙《ねら》って私に近づいてきたようだけれど、これであの人たちの望みは絶たれたわ。ということは、私たちの犠牲によって兄は救われたんだから、感謝してもらわないといけないわね」

それであの三人と同席していたのかと、ジュエルは納得した。

おそらくマリアがジュエルを席に誘ったのも、あの三人の会話から逃げ出したかったからだろう。

席を移るにも、用意されたテーブルの中で空いていたのは、時間的に運悪く日当たりが強い場所ばかりだったのだ。

農作業をしてきたジュエルは別に気にしないが、都会育ちのマリアは日焼けを嫌う。

「救われたのはジョセフだけでなく、あなたのその白いお肌もね」

「だって、すぐにそばかすができるんだもの」

ジュエルが悪戯《いたずら》っぽく付け加えれば、マリアは両手で頬を覆い大げさに嘆く。

それからお互い顔を見合わせ、声を出して笑ったのだった。

4

最後は笑ってマリアと別れたせいか、ガーデンパーティーから帰ったジュエルは落ち込むこともなく、夕食までのんびり過ごしていた。

そこにブレイクが帰ってきた音がして、ジュエルは迎えるために立ち上がった。

だが、ジュエルが部屋を出るより早く、階段を駆け上がってくる足音が聞こえる。

「ジュエル！」

「ブレイク？　何があったの!?」

ただならぬブレイクの様子に、ジュエルは心配して部屋から飛び出した。

すると、ブレイクはジュエルを抱きしめる。

「マリアから聞いたよ。ジュエルがお茶会で嫌な思いをしたようだと」

「マリアから？」

「ああ。ジョセフに会いに伯爵家に行ったら、マリアもいたんだ」

「そういえば、ご実家に寄ると言ってたわ……」

子どもたちを実家の伯爵家に預けているからと、帰り際にマリアが言っていたことを思い出す。

それでまさか、ブレイクに会ってお茶会でのことを話すとは思ってもいなかった。――というより、何を言ったのだろうかと気になる。

「嫌な思いといっても、大したことはなかったのよ？　いつもの嫌みなだけで、またやり返してしまったの」

「ジュエルが勇敢なことはわかっているよ。だからといって、傷つかないわけじゃない」

ブレイクはそう言うと、慰めるようにジュエルの目尻にキスをした。

泣いてなどいないはずなのにとジュエルは何度か瞬《また》く。

そこでここがまだ廊下だと気がついた。

「ブレイク、離して。私は大丈夫だから」

「話してくれるまで離さない」

「そんな冗談はいいから……」

くすくす笑いながらジュエルは逃れようとしたが、ブレイクは笑いながらも離してくれない。

「冗談なんかじゃないよ。マリアは別れ際のジュエルがいつもより元気がなかったと言っていた。それに、最近のジュエルはたまに暗い顔になる。訊《き》いていいものか悩んでいたけど、やっぱり訊きたい。何か心配事があるなら話してほしい。もう、すれ違いたくないんだ」

「……わかったわ。でも、部屋で話をさせて」

「ああ」

ブレイクの言葉にジュエルは頷《うなず》いたものの、立ったままする話でもないので部屋に向かおうとした。

するとブレイクはジュエルの腰に腕を回したままで、目の前の部屋にエスコートしてくれる。

ジュエルは笑うべきか抗議するべきか迷った。

あのすれ違いの日々が終わり、改めて二人の結婚生活が始まってから、ブレイクは驚くほど愛情表現をしてくれる。

だが、王都に出てきてからはさらに加速し、かなりの過保護になったのだ。

ジュエルにとっては照れくさくも嬉《うれ》しいのだが、心の隅ではブレイクが過去の罪悪感から無理をしているのではないかと心配でもあった。

「――っ、ブレイク⁉」

「うん？」

「うん、じゃなくて……。どうして私が膝《ひざ》の上なの？」

「話してくれるまで、離さないって言っただろ？」

ブレイクは部屋にあるソファまで来ると、そのままジュエルを抱き上げて腰を下ろしたのだ。

そのためジュエルはブレイクの膝の上に座ってしまっている。

「これはさすがにやりすぎよ」

驚いたジュエルは抗議して下りようと試みたが、腰に回された腕の力が強くて抜けられない。

ブレイクを睨《にら》むように見下ろしたが、意地悪く笑っていて、ジュエルまでつい笑ってしまった。

「ブレイク、お茶はいかが？」

「いや、大丈夫」

「そう？」

抵抗を諦《あきら》めたジュエルは、何事もなかったかのように部屋の主人として、ブレイクをもてなそうとした。

だがブレイクはお茶を断り、ジュエルを抱く腕に力を込めてさらに引き寄せる。

「話を逸らすのはなしだろ？」

「別に逸《そ》らしたわけじゃないわ。礼儀よ」

「この格好で？」

「何か問題でも？」

「ないな」

つんと顎《あご》を上げて言うジュエルの頭を引き寄せ、ブレイクはキスをした。

ジュエルは驚きに目を丸くしたが、キスはさらに深くなる。

「……ブレイク！」

「うん？」

「うん、じゃなくて！　どうして急にキスするの!?」

ようやく唇を離したブレイクに抗議しようとしたが、先ほどと同じようなことしか言えなかった。

そんなジュエルをブレイクは愛《いと》しげに見る。――が、すぐにまた意地悪く笑う。

「ケンカになったら、キスするって約束だろう？」

「ケンカなんてしていないじゃない」

「でも、ジュエルは怒ってるじゃないか」

「怒ってなんかいないわ！　抗議しているの！」

からかわれているのがわかっていても、ジュエルは言わずにはいられなかった。

ただし、ブレイクの膝の上である。

そこでふと約束内容が違うことに気づいた。

「待って。そもそもどうしてキスするの？　約束が違うわ」

「明日、公園に散歩に行こう」

「公園の花を勝手に摘んではダメよ」

「じゃあ、遠乗りにする？」

「行けないわ。私はお茶会の約束があるの」

「やっぱり王都になんて来なければよかったな」

ジュエルが間違いを指摘すると、ブレイクはにっこり笑う。

だが、ブレイクの言葉の意味を理解してジュエルが注意すると、魅力的な誘いを受けた。

それでも社交の約束を果たさなければとジュエルが断ると、ブレイクは大きくため息をついた。

「ジュエルとの時間は減るし、ジュエルに嫌な思いまでさせてしまってるんだから。それで、本当に何があったのか……いや、何か心配事があるなら話してほしい」

「ブレイク……」

どんなに笑い合っても言い合っても、ブレイクの関心は変わらなかったようだ。

ジュエルはこれ以上ブレイクに心配をかけないために打ち明けることにした。

「これは……誰《だれ》が悪いというわけじゃなくて、単に私の心の問題なの。ブレイクと私は……その、本当の夫婦になってまだ半年だけれど、世間の認識は違うでしょう？　もう結婚して二年半になるわ。それなのにまだ子どもがいないから……」

「何か言うやつがいるのか？　それが誰かは教えてくれるつもりはない？」

「誰、というわけではないの。何となく話題になるだけよ。女性同士の会話ではよくあることだわ」

やはりブレイクは怒りを感じている。

それがわかっていたからなかなか言い出せなかったのだが、問題は意地悪なご婦人たちではないのだ。

このまま自分の心を守るために黙っていては、また誤解が生まれてしまう。

ブレイクの優しさに甘えることになっても言わなければと、ジュエルは息を吐いて続けた。

「私自身が本当にあなたの子を妊娠できるか心配なの」

「ジュエル、それは――」

「わかっているわ。心配のしすぎだって。まだ半年だもの。でも『もし』って思うと怖いの。あなたの時間を無駄にしてしまったらって」

ジュエルが一番言いたくなかった弱音。

まだ起こってもいないことに怯《おび》えているだけなのだが、『勇敢なジュエル』らしくなくて打ち明けることができなかった。

「……ジュエル、私は君との子は欲しいが、いなくてもかまわないんだ」

「それもわかっているわ。だけど、それをあなたに言わせてしまうことが嫌だったの」

「そうか……。だけど今、私は猛烈に怒ってるよ」

ブレイクの優しさはわかっていた。

しかし、続いた言葉とは裏腹にブレイクは悲しんでいる。

一人で悩んでいたことを怒るだろうとは予想していたが、悲しませるとは思っていなくてジュエルはうろたえた。

「ジュエルは、私と一緒に過ごす時間を無駄だと思っているのか？」

「まさか！」

「じゃあ、なぜ私の時間が無駄になると心配しているんだ？」

「それは……」

ブレイクと結婚してからずっと、本当に自分でいいのかとの思いが根底にあるからだろう。

ジュエルが十代の頃《ころ》でさえ、ブレイクは身分相応の令嬢と結ばれるのだと思っていたため、未《いま》だに自分の幸運が信じられないのだ。

　ブレイクに愛されている自信はあっても、将来に続く自信はなかったらしい。

　ジュエルの劣等感は、王都の若く美しい良家の令嬢と顔を合わせるたびに少しずつ蓄積していったのだった。

「ごめんなさい、ブレイク」

「どうして謝るんだ？　謝るとすれば私のほうだろう？　ジュエルへの愛を伝えきれていなかったんだから」

　そう言われて、ジュエルは黙って首を横に振った。

　そんなジュエルの額に、目尻に、頬《ほお》に、唇にと、ブレイクは愛の言葉とともに優しくキスをしていく。

「……私が鈍感で愚かだったばかりに、心ない言葉でジュエルを傷つけ、自信を奪ってしまったんだ」

「違うわ」

「違わないよ。だけど、この先の人生をかけて、私はジュエルに愛を伝えていくつもりだ。ジュエルがいなければ、どれほど私の人生が虚《むな》しいものかはもうわかっているからな」

「それは……私も同じだわ」

　いつの間にかジュエルは泣いていたらしい。

涙が頬を濡《ぬ》らして、初めて気づいたジュエルは困ったように微笑《ほほえ》んだ。

「おかしいわね。泣くつもりなんてなかったのに」

「その涙を拭うことができる私には役得だな」

ブレイクは笑いながら唇でジュエルの涙を拭う。

少し大げさな仕草がくすぐったくておかしくて、ジュエルは声を出して笑った。

その唇にブレイクはまたキスして、ジュエルを包むように抱きしめる。

「好きだよ、ジュエル。愛してる」

「私も……愛してるわ、ブレイク」

惜しげのないブレイクの愛の言葉に、ジュエルも恥ずかしがりながら返す。

ブレイクはジュエルを愛しげに見つめて微笑んだ。

「ありがとう、ジュエル。私はこの奇跡を大切にしたい。だから、これ以上の奇跡は望まないよ。もちろん私たちに子どもがいれば幸せは増すが、絶対ではないんだ」

「でも、侯爵家が――」

ブレイクの愛のこもった言葉は嬉しいが、やはりキャンモア侯爵家の跡継ぎは必要である。

ジュエルがそう伝えようとして、ブレイクが軽いキスでその口を塞《ふさ》いだ。

「ジュエルはたった一人しかいないが、侯爵家の後継者は他《ほか》にもいる。父は頑固《がんこ》で親戚付き合いをしていなかったが、再従兄弟《はとこ》が何人かいるんだ。彼らのうちの誰かに任せればいいよ」

「そうなの？」

「ああ。葬儀には来なかったのか？」

「あのときは……弔問客はルトールたちに任せっきりだったから」

再従兄弟の話は聞いたことがなかったので、ジュエルは驚いた。

先代侯爵が存命中は一度も親戚が訪ねてきたことはなかったのだ。

しかも葬儀では、先代が亡《な》くなったことと、ブレイクが帰ってきてくれないことがショックであまり覚えていなかった。

「そうか。まあ、そのあたりはもっと年を取ってから考えればいい。それより今は、二人の時間を楽しもう」

「……そうね。ありがとう、ブレイク」

くよくよするのは自分らしくない。

下手《へた》な慰めはいらないと思っていたのに、やはりブレイクの言葉は魔法のようで、ジュエルは元気を取り戻していた。

そして今度はジュエルから、ブレイクにキスしたのだった。


翌日。

公爵家のお茶会に出席したジュエルは、マリアを見つけて声をかけた。

「――マリア、昨日はありがとう」

「お礼はいいの、ジュエル。それよりも余計なことを言ったかもと心配していたの。体調は大丈夫？」

「え？　ええ。大丈夫よ」

「そう。それならよかったわ。軽いほうなら助かるものね」

「……何のこと？」

ジュエルはマリアが心配してブレイクに伝えてくれたことのお礼を口にした。

するとマリアは気遣いあふれる言葉を返してくれたのだが、何か勘違いされているらしい。

不思議に思って問えば、マリアも不思議そうな顔をする。

「だって……」

マリアは言いかけて、周囲を見渡した。

それから顔を寄せて小声で言う。

「おめでたじゃないの？」

「ええ!?」

マリアの言葉に驚いた拍子にくらりとする。

慌ててマリアが支えてくれたが、ジュエルもすぐに回復した。

「ごめんなさい。ちょっとびっくりして」

「いいえ。でも本当に心当たりないの？　私、こういうことに勘がよくて。不思議と当たるのよ？」

そう言いながら、マリアはジュエルを支えたまま、壁際にある長椅子《ながいす》へと近づいた。

今日は室内でのお茶会なので、始まってからはマリアと席が離れてしまうかもしれない。

そのためか、マリアはジュエルを座らせて隣に腰を下ろすと早口で続けた。

「まだ大事な時期だし、内緒にしているのかと思ったの。それで、昨日は話題を振られて困っているのかと……顔色も悪かったしね」

「それで……」

マリアはわざわざブレイクに伝えてくれたのかと、ジュエルは納得した。

おそらくジョセフがいたから遠回しに言ったのだろう。

ブレイクはもちろん素直に受け取り、よほどジュエルが嫌な目に遭ったのだと心配してくれたのだ。

「……私、気づかなかったけれど……でも確かに……」

最近、疲れやすく情緒が不安定ではあった。

昨日もなぜか泣いてしまったのだが、慣れない王都での生活のせいだと思っていたのだ。

「今、体調が大丈夫なら、このままお茶会には出たほうがいいわね。途中で抜けると勝手な憶測が流れるから。会が終わって帰宅したら、私もお世話になった方を紹介できるよう連絡するわ」

「ありがとう、マリア。助かるわ」

お茶会が始まってからはマリアと話すこともできず、ジュエルはどうにか平静を装って過ごした。

そして帰り際、マリアが目配せしてきたので頷き、馬車に乗り込む。

屋敷に戻ってからは、そわそわしながらマリアからの連絡を待った。

ところが、マリアは連絡ではなく、直接医師を派遣してくれたのだ。

結果、マリアの勘は当たっていた。

ジュエルはまた泣いてしまったほどに喜び、この吉報を伝えるためにわくわくしながらブレイクを待った。

「――ブレイク、お帰りなさい！」

やがてブレイクが帰宅すると、玄関ホールまで迎えに出て抱きついた。

珍しいジュエルの愛情表現にブレイクは驚きながらも笑い、カスミソウの束を差し出した。

「まあ！　綺麗《きれい》ね！」

「喜んでもらえて嬉しいが、白状すると――」

「買ったのね？」

「バレたか」

「だって、こんな可愛《かわい》らしいリボンで留めてあるんだもの」

ジュエルは笑い、カスミソウの花束を胸に抱いた。

妊娠したと言いたいのだが、いざとなると昨日の大騒ぎが恥ずかしくなってくる。

なかなか言い出せないジュエルの様子に、ブレイクが眉《まゆ》を寄せた。

「ジュエル、また何かお茶会で言われたのか？」

「え？　い、いいえ。違うの。そうじゃなくて……」

家族用の居間へと移り、お茶の用意を頼んだところで、ブレイクが問いかけた。

また心配かけてはいけないと、ジュエルは一気に告げる。

「実は妊娠していたの。今日、マリアに言われて、それで……先ほどはっきりしたの！」

「……すごい」

ジュエルの告白に、ブレイクは一瞬のみ込めなかったようだが、やがてぽつりと呟《つぶや》いた。

それから勢いよく立ち上がると、ジュエルの足下に膝をついて抱きしめる。

「こんなに幸せなことが続くなんて、信じられないよ。神様は私に甘すぎないか？」

「そうかしら？　私が神様でも、あなたには甘くなると思うわ」

「ジュエルは優しすぎるからな。私のこの幸せはジュエルのおかげだよ。ありがとう、ジュエル。愛してるよ」

ジュエルを包むようにソファに手をついたブレイクは、優しいキスで柔らかな頬を濡らす涙を拭った。

　またいつの間にか泣いていたらしい。

「ジュエル、どこか痛むのか？　医師を呼んだほうが――」

「大丈夫よ。これは妊娠の影響らしいの。それで昨日もあんなに騒いで……恥ずかしいわね」

「恥ずかしいなんてことはないよ。ジュエルはいつだって怒っていいし、泣いていい。もちろん笑ってくれるのが一番だけどね」

ジュエルの隣に移動して腰を下ろしたブレイクは、涙を拭おうとする手を取り口づけた。

そして、代わりに優しい手つきでジュエルの頬にハンカチを当て、また唇を寄せる。

「私、本当はこんなに泣いたりしないのよ？」

「知ってるよ」

「きっと、この子が泣き虫なのかも……」

ジュエルは泣き笑いしながら、お腹《なか》に手を当てた。

その手に手を重ね、ブレイクが微笑む。

「どんな子でもいいよ。元気でさえいてくれたら」

「女の子でも？」

「当たり前だよ。だけどまあ、できればあまりジュエルを困らせないでほしいとは思うけどね」

「私を？」

「うん。妊娠出産は大変だと、以前マリアから聞いたことがある。そのときは大して興味なくて聞き流していたけど……マリアに謝罪しないといけないな。こんなに幸せなのに、こんなに不安になるなんて……。私が代われないかな？」

「それは無理よ」

温かなブレイクの言葉がジュエルの心まで温めてくれる。

しかし、ジュエルを心配するブレイクの顔はどんどん曇っていく。

さらにはとんでもないことを言い出したのでジュエルは笑ったが、ブレイクは本気らしい。

それがまた嬉しくて愛しくて、ジュエルはブレイクを引き寄せ、感謝と幸せの気持ちを込めたキスをしたのだった。


その数か月後――。

無事に産まれたジュエルとブレイクの第一子は、祖父の名から、ヘンリーと名付けられた。

「――本当にこの子はよく泣くな」

ブレイクがヘンリーをあやしながら呟くと、ジュエルは楽しそうに言う。

「意志が強いみたいなの。それでいろいろと訴えることがあるみたい」

「要するに、頑固ってことか」

「キャンモア家の血筋ね」

「それは将来困るな……」

過去のことを思い出したのか、ブレイクは眉を寄せてため息をついた。

すると、ヘンリーも泣き疲れてきたのか、大きく息を吐く。

眉間《みけん》にしわを寄せた顔はよく似ていて、ジュエルは噴き出した。

「笑い事じゃないよ」

そう言いながらもブレイクも笑っており、ヘンリーまできゃっきゃっと笑った。

先ほどまでの癇癪《かんしゃく》が嘘《うそ》のようで、ジュエルとブレイクは顔を見合わせる。

そしてまた笑い、ブレイクはヘンリーを抱いたままジュエルにキスをした。

ジュエルが一人で一生を過ごすつもりだったのは、ほんの数年前だ。

それが今、愛する家族に囲まれて、幸せな日々を過ごしている。

「……ありがとう、ブレイク。愛してるわ」

「愛してるよ、ジュエル。ずっとずっと、出会った頃より結婚した頃よりも愛は大きくなるばかりだ」

込み上げてくる衝動のままに、ジュエルが愛を告げれば、さらに大きな愛が返ってくる。

ジュエルとブレイクが幸せに満たされて見つめ合えば、不満そうな声が二人の間から聞こえた。

ヘンリーが祖父そっくりに眉間にしわを寄せて見上げている。

ジュエルもブレイクも我慢できずに再び噴き出し、三人一緒に笑った。

それは愛に満たされた家族そのもので、ジュエルは夢が叶《かな》った幸せにまた涙を滲《にじ》ませたのだった。

番外編2

ジュエルは今まで楽天的な性格だと思っていたが、どうやらそうではなかったらしい。生後一歳二か月の息子が診察される様子をブレイクとともに見守りながら、考えられる多くのことを心配していた。

医師は嫌がって声を上げる息子のヘンリーをあやしながら診《み》ている。

やがて診察が終わると、医師はむずかるヘンリーを抱き上げてジュエルへと引き渡した。

ジュエルは優しく声をかけながらヘンリーを抱きしめ、小さな頭に頬《ほお》を寄せる。

そんなジュエルとヘンリーに温かな眼差《まなざ》しを向けたブレイクは、真剣な表情に変えて医師に向き直った。

「先生、それでヘンリーは……？」

「そうですな。息子さんは……」

医師が言葉を探して言い淀んだが、一度咳払《せきばら》いをして覚悟を決めたように続けた。

「息子さんは、どうやら……頑固《がんこ》なようです」

「はい？」

「頑固？」

医師の言葉に驚いて、ジュエルとブレイクは顔を見合わせた。

それからブレイクは確認するように疑問を口にする。

「その、息子がまだ歩かないのは、頑固だからと……？」

「はい。おっしゃるとおりです」

このたび、医師にわざわざ診察をお願いしたのは、一歳を過ぎても未だに歩かない息子のヘンリーを心配してのことだった。

つかまり立ちを初めてしたのが生後九か月のとき。

だが、それから一歩前へと足が出ない。すぐに四つん這いになってハイハイで進むのだが、それがもう三か月もその状態だったのだ。

「息子さんは順調に成長しておられます。骨にも関節にも特に問題はありません。今すぐに歩き始めることもできると思います。ただ、絶対に歩くものかという強い意志が感じられます」

「歩くものかという……」

「強い意志……？」

さらに詳しく説明する医師の言葉に、ジュエルもブレイクも唖然として繰り返した。

ヘンリーに何も問題がないのは嬉《うれ》しい。ただあまりにも予想外すぎて上手《うま》く処理できなかった。

そこに、ヘンリーの不満げな声が聞こえて我に返る。

「とにかく、ヘンリーがその気になれば歩けるということですね？」

「はい。おっしゃる通りです」

きっぱり頷《うなず》く医師を見て、ジュエルもブレイクもほっと安堵《あんど》し、ヘンリーの柔らかな頬にそれぞれキスをした。

ヘンリーは不機嫌から一転してご機嫌になり、嬉しそうにきゃっきゃと笑う。

この笑顔のためなら何でもしてあげたくなるのだ。

ジュエルはもう一度ヘンリーにキスをして気持ちを切り替え、医師に向き直った。

「先生、今日はご足労いただき、ありがとうございました。大げさだと思われたかもしれませんが、おかげさまで安心できました」

「いやいや、大げさなどではありませんよ。親としては当然の心配でしょうからね」

ジュエルがお礼を言うと、医師は励ますように答えた。

ヘンリーを抱くジュエルを抱き寄せたままのブレイクも、冗談交じりにお礼を言う。

「ありがとうございました。おそらくこれからもたびたびお世話になると思いますが、よろしくお願いします」

「ええ。くしゃみひとつで駆けつけますよ」

今度は医師も冗談で返し、ヘンリーへと手を伸ばした。——が、ペシっとヘンリーに拒絶される。

だが、医師は気にした様子もなく笑った。

「すみません……」

「かまいませんよ。こればっかりは、この仕事の宿命でもありますからね」

ジュエルとブレイクが謝罪すると、医師は笑顔のまま答えた。

それでも玄関まで見送ったときには、ヘンリーは機嫌よく医師へ手を振る。

どうやら医師が帰ることを喜んでいるようだ。

あからさまなヘンリーの態度に、医師は再び笑って馬車へと乗り込み去っていった。

「頑固か……」

馬車が門を出て見えなくなると、ブレイクが呟いた。

ジュエルは思わず噴き出し、ヘンリーも一緒に笑う。

「まさか、診断結果が頑固だなんて……」

「キャンモア侯爵家の頑固さもついに医師に太鼓判を押されてしまったな」

ジュエルとブレイクは笑いながらも、まだ心配ではあったが、ひとまずは医師の言う通りヘンリーがその気になるのを待つことにしたのだった。


ところが、翌日にジュエルのお気に入りの野原にピクニックに出かけたとき。

敷物の上に座っていたヘンリーは、ひらひら飛んできた蝶を捕まえようと立ち上がり、その姿を追って歩いたのだ。

「……ジュエル」

「ええ、ブレイク……」

あまりに簡単にヘンリーが歩いたため、ジュエルもブレイクも呆気に取られて言葉が出てこなかった。

当のヘンリーは敷物から出たくないのか、立ち止まって飛んでいく蝶に向けて怒っている。それから振り返ると、不満をジュエルやブレイクに伝えるようによくわからない言葉を発した。

しかし、二人ともじっと見ているだけで、ヘンリーは不思議に思ったのか、仕方なく歩いて両親の許に戻る。

途端にジュエルは泣き笑いの表情でヘンリーを抱きしめた。

「すごいわ、ヘンリー！」

「さすがは頑固者だ！」

ブレイクもジュエルごときょとんとしたヘンリーを抱きしめ、喜びと感動とおかしさが入り混じった声で褒める。——褒め言葉かは別にして。

その後も、今までの心配が嘘《うそ》のように、ヘンリーはスタスタ歩くようになった。

そうなると、次はまた別の心配が湧いてくるのだから子育てに悩みは尽きない。

ジュエルとブレイクは医師への報告に『先生の診断は間違いありませんでした』と添えてお礼状を書いた。

そして、ヘンリーは医師の診断通り『頑固』で、ジュエルやブレイクを困らせ笑わせながら元気に育っていったのだった。

Fin.

あとがき

皆様、こんにちは。そして、お久しぶりです。もりです。

このたびは『侯爵家の悪妻は契約です　～二度目の結婚は初恋相手ですが悪女だと嫌われています～』をお手に取っていただき、ありがとうございます。

アイリスＮＥＯ様での刊行はかなり久しぶりな上に、書き下ろしということで緊張しております。

タイトルにある『悪妻』と言うには良識的なヒロインのジュエルですが、ヒーローのブレイクがそう信じたい、そうでなければ後悔に耐えられない。となる物語です。

そんな二人の物語を華やかに彩ってくださったのが、すがはら竜先生の美麗なイラストの数々です。

カバーの悪妻らしいジュエルに、不機嫌なブレイクが最高に素敵なのはもちろんのこと、ピンナップではまさかのヒール（悪女）マチルダが大きく描かれているなんて！

悪女推しでいくということで、思わず笑ってしまいましたが、挿絵も含めてどのイラストも魅力的で幸せいっぱいです。

しかもなんと！　今巻は、すがはら竜先生にとって、記念すべき三百冊目のイラスト担当になるそうです！

すがはら竜先生、おめでとうございます！　そして、ありがとうございます！

そのお話をいただいたときには、私（の作品）でいいんですか!?　と光栄すぎて慄いてしまいましたが、頑張るしかない！　と気合いを入れました。


とはいえ、少々空回りしてしまったところもありまして、担当様にかなりアドバイスいただき、無事に書き上げることができました。

ですので、すがはら先生の美麗なイラストを愛でつつ、物語を楽しんでいただけたなら幸いです。


すがはら竜先生、このたびは本当におめでとうございます。これからの益々のご活躍をお祈りしております。

素敵なジュエルとブレイクをありがとうございました。

また、迷惑をかけまくってしまった担当様には感謝の気持ちでいっぱいです。

そして、この本の出版に携わってくださった全ての皆様にお礼を申し上げます。
何より、この本をご購入くださった皆様、本当にありがとうございました。

侯爵家《こうしゃくけ》の悪妻《あくさい》は契約《けいやく》です
～二度目《にどめ》の結婚《けっこん》は初恋相手《はつこいあいて》ですが悪女《あくじょ》だと嫌《きら》われています～

2023年12月5日　初版発行

著者　もり

イラスト　すがはら 竜

発行者　野内雅宏

発行所　株式会社一迅社
〒160-0022 東京都新宿区新宿3-1-13 京王新宿追分ビル5F
電話　03-5312-7432（編集）
電話　03-5312-6150（販売）
発売元：株式会社講談社（講談社・一迅社）

印刷所・製本　大日本印刷株式会社
ＤＴＰ　株式会社三協美術

装幀　小沼早苗（Gibbon）

ISBN978-4-7580-9602-7

Printed in JAPAN

おたよりの宛て先

〒160-0022 東京都新宿区新宿3-1-13 京王新宿追分ビル5F
株式会社一迅社　ノベル編集部
もり 先生・すがはら 竜《りゅう》 先生